ASSIS BRASIL

Ilustrações
HILTON MERCADANTE

Os Desafios do Rebelde

COLEÇÃO JABUTI AVENTURA

5ª edição
6ª tiragem
2025

Conforme a nova ortografia

Editora Saraiva

Editor: CLÁUDIA ABELING-SZABO
Preparação de texto: CARMEM TERESA SIMÕES COSTA
Suplemento de trabalho: MÁRCIA MAISA PELACHIM
Supervisão de revisão: LIVIA MARIA GIORGIO
Edição de arte: NAIR DE MEDEIROS BARBOSA
Supervisão de arte: JOÃO BATISTA RIBEIRO FILHO
Impressão e acabamento:
Log&Print Gráfica, Dados Variáveis e Logística S.A.
OP:286328

Dados Internacionais de Catalogação na Publicação (CIP)
(Câmara Brasileira do Livro, SP, Brasil)

Brasil, Assis 1932 –
Os desafios do rebelde — Assis Brasil ; ilustrações de Hilton Mercadante. — São Paulo : Saraiva, 1998. — (Coleção Jabuti)

ISBN 978-85-02-02000-9
ISBN 978-85-02-02001-6 (professor)

1. Literatura infantojuvenil I. Mercadante, Hilton. II. Título III. Série.

96-2414 CDD-028.5

Índices para catálogo sistemático:

1. Literatura infantojuvenil 028.5
2. Literatura juvenil 028.5

Editora Saraiva

Rua Henrique Schaumann, 270
CEP 05413-010 – Pinheiros – São Paulo

SAC 0800-0117875
De 2ª a 6ª, das 8h30 às 19h30
www.editorasaraiva.com.br/contato

201768.005.008

*A sabedoria é para proteção,
assim como o dinheiro é para
proteção, mas a vantagem do
conhecimento é que a própria
sabedoria preserva vivos os que
a possuem.*

Eclesiastes, 7, 12

*Quem anda com pessoas sábias
tornar-se-á sábio, mas irá mal
com aqueles que têm tratos
com os estúpidos.*

Provérbios, 13, 20

1

Quando eu não estava viajando pela floresta, pegando um ou outro trabalho, na variedade da minha profissão de guia e caçador, parava por algum tempo em Cuiabá, ou num sítio de um amigo, seu Terto da Conceição, ou ia até a fazenda do coronel Menezes, nas cercanias da cidade. E novo trabalho ou descanso eu sempre encontrava.

O coronel Menezes, fazendeiro de muitas posses, a cuja fazenda me dirigia agora, já me dera muito serviço, desde o de guiar um arqueólogo, doutor Levilier, à incumbência de caçar uma onça-canguçu negra que estava dizimando os seus rebanhos de gado.

Eu queria agora não só notícias do meu amigo arqueólogo, como também saber das possibilidades de permanecer por algum tempo na fazenda cuidando das reses, numa vida mais mansa do que viajar pelo ermo da floresta. Mas o que eu iria encontrar, na casa do fazendeiro, fugia a qualquer expectativa de minha parte, mesmo que esperasse a coisa mais estranha e incomum.

O coronel Menezes me recebeu com muitas festas, como sempre. Era uma pessoa cordata e trabalhadora, embora ciente de que criar gado no Mato Grosso era uma luta quase mortal contra a natureza e o próprio homem.

— Há muito interesse mesquinho por aqui, Gavião Vaqueiro — ele me dissera um dia. — Às vezes a gente entra por uma porta e não sabe mais como atravessá-la de volta.

As notícias que tive do doutor Levilier eram, no mínimo, curiosas. Apaixonado pela floresta Amazônica — "último reduto para a aventura e o conhecimento", como dizia — já tendo feito muitas pesquisas e excursões, agora tinha metido na cabeça que ainda existiam dinossauros vivos na região.

— Vivos, coronel? — assustei-me.

— É... e ele quer procurar os bichos — disse o fazendeiro, divertido com o assunto. — Há um instituto nos Estados Unidos que oferece uma fortuna a quem encontrar um dinossauro vivo.

— E o homem, coronel, já está à caça de algum dinossauro?

— Ainda não. Viajou a Brasília à procura de financiamento para sua nova viagem pela selva.

— Já estive em algumas excursões com o doutor Levilier, coronel — eu disse. — Do ouro do rei Salomão, perdido na mata, à procura de um dinossauro vivo é uma distância muito grande. Acho que ele está piorando da cabeça.

Achamos muita graça naquele entardecer no alpendre da casa-grande do coronel Menezes. Mas, depois das amenidades e de um bom jantar de carne-seca e feijão preto, quando compartilhamos a mesa com a filha do coronel, Celina, que eu já conhecia, o fazendeiro levantou o problema.

— Não estava pensando em você, Gavião Vaqueiro — ele disse. — Mas já que está aqui, que apareceu assim de repente...

Ele estava tendo problemas com o neto, um garoto de catorze anos. Criado com todas as regalias no Rio de Janeiro, filho de um executivo de uma grande empresa, José Eduardo já dera muito trabalho a toda a família.

— Se o pai não teve tempo de criá-lo, muito menos a mãe — disse Celina, referindo-se à irmã. — Então Netinho, é assim que o chamamos, foi criado de rédea solta, tendo tudo à mão.

— Dinheiro, viagens, bons colégios, sem nunca lhe ensinarem o valor das coisas... Esse foi o erro maior dos pais — acrescentou o coronel. — E Netinho acabou se misturando com todo tipo de gente. Já foi expulso de três colégios e recentemente esteve envolvido com a polícia por causa de drogas.

— Não acredito que ele seja um viciado — disse Celina. — Mas as más companhias, as festinhas... Tanto é que desde que chegou aqui sequer apanhou cigarro... cigarro comum de algum vaqueiro, não foi, pai?

— Ele está aqui na fazenda? — perguntei.

— O pai viajou para a Europa, e a mãe, para evitar essa coisa desagradável com a polícia, mandou-o para cá, certa de que o avozinho poderia dar um jeito no traste — disse o coronel, meio aborrecido.

— E onde eu entro nessa história? — perguntei.

O fazendeiro sorriu de leve e Celina disse:

— Já viajei com você pela floresta, Gavião Vaqueiro. Deve se lembrar de quando fomos atrás daqueles cavalos selvagens em Roraima.

— Sim, eu me lembro. Doutor Levilier estava com a gente e também meu amigo doutor Quizila. A sua égua appaloosa ainda está na fazenda?

— Ainda, e todo ano nos dá um belo potrinho... do Corisco.

— Belo garanhão. E seu neto, coronel, onde está? Suponho que queira que eu faça uma viagem pela floresta com ele.

— Sim, Gavião Vaqueiro, essa ideia me surgiu, e Celina concorda comigo. O menino precisa ser amansado, se assim posso dizer.

— Como um cavalo xucro?

— Exatamente. O nosso capataz, Eusébio, foi dar uma volta com ele pelos arredores da fazenda. Por enquanto, ele está entusiasmado com a fazenda e até já anda a cavalo razoavelmente. Mas sei que logo enjoará daqui e vai querer voltar para o convívio da sua turma do Rio de Janeiro.

— Poderia levar o Netinho a algum lugar especial, Gavião Vaqueiro? — perguntou Celina.

— Não sei, não pensei ainda nisso.

— Que tal o Xingu, para aquela tribo do seu amigo índio kamayurá? — indagou o coronel.

— Kaíto? Sim, senhor, é uma boa ideia. A viagem é longa, cheia de imprevistos... E ele pode até se dar bem com o filho de Kaíto. Um cavalo xucro a gente doma aos poucos, com mão de ferro e com mão de vento, como se diz. É um menino rebelde, coronel?

— Gavião Vaqueiro, vou lhe dizer logo uma coisa sinceramente. Você terá todo o poder sobre o meu neto nessa viagem. Saberá o que fazer. Só não quero que o mate.

O fazendeiro tentou sorrir e Celina aparteou:

— Pai, numa viagem pela selva há sempre perigo de vida. Se algo de grave acontecer com o Netinho, os pais dele não vão nos culpar pelo resto da vida? Acho que o Gavião Vaqueiro terá grande responsabilidade nessa viagem.

— Sei de tudo isso, Celina, e vamos fazer a coisa friamente. Confio no Gavião Vaqueiro e sei dos imprevistos da vida. O Netinho, quando sobe pelas favelas do Rio, atrás de drogas, não sabe que corre risco de vida?

— Uma criança... — balbuciou a moça. — Bem, se ele fosse pobre, se não tivesse as facilidades que teve... Talvez o destino de José Eduardo fosse outro.

— A aldeia do seu amigo kamayurá é um bom lugar para levá-lo, Gavião Vaqueiro — disse o coronel. — Por enquanto não vamos dizer nada a Netinho. Faça amizade com ele, cavalguem juntos pela fazenda. Vou apresentá-lo como um grande caçador. Ele gosta de heróis, é brigão, um cavalo xucro mesmo.

Na sala de estar, tomando um cafezinho e conversando, o crepúsculo já anunciando a noite, a nossa atenção foi despertada por um tropel de cavalos no pátio da fazenda.

— Eles estão chegando — disse Celina.

O coronel Menezes me olhou, bem sério, e falou com voz firme:

— Repito o que disse antes, Gavião Vaqueiro. Você saberá o que fazer. Só não quero que o mate.

2

O garoto José Eduardo era alto e desenvolvido para a sua idade, parecendo ter mais de catorze anos.

Entrou na sala com pisadas decididas, beijou de leve o rosto da tia e disse um "oi" para o avô, não me dando a mínima atenção. Quando já se retirava para o interior da casa, avisando que ia tomar um banho, pois estava cheirando a cavalo, o coronel Menezes disse:

— Netinho, este é o famoso caçador Gavião Vaqueiro.

Ele voltou-se, já um pouco distante, olhou direto nos meus olhos e repetiu aquele "oi" frio e mecânico. E foi para o seu banho.

— É um belo rapaz — sussurrou Celina. — Como já deve ter notado, Gavião Vaqueiro, ele é muito independente...

— Daqui a pouco meu neto virá jantar — disse o fazendeiro. — Poderá fazer seus primeiros contatos com ele, Gavião Vaqueiro. Eu e Celina procuraremos deixá-los a sós. Está bem assim?

Sorri e levantei os ombros, como se tentasse dizer: "Vamos ver o que acontece".

— E lembre-se — acrescentou o coronel —, rédea curta no freio do potro xucro e...

— Já sei, coronel, só não posso matá-lo.

Sorrimos, como se entrássemos num curioso e estranho jogo. O fazendeiro e a filha se retiraram da sala, que ficava próxima à copa onde deveria jantar o garoto.

Por alguns minutos fiquei sozinho, pensando, quase num impulso insensível, nas estranhas coisas que aconteciam comigo nessa vasta região da Amazônia. Sempre quis que minha vida seguisse um rumo entre a tranquilidade e alguma paz, mas parecia que algo me perseguia e me jogava nas mais complicadas aventuras.

Agora, por exemplo, à primeira vista, tudo se apresentava simples: eu teria de fazer uma viagem com o neto do coronel

Menezes, a fim de amansá-lo um pouco... por via de quê? Do medo? Do perigo? Talvez do sofrimento...

José Eduardo passou direto pela sala e foi para a copa, onde uma empregada da casa passou a servir-lhe o jantar. Estava refeito da cavalgada, vestia-se com uma bermuda e camisa de seda. Minha impressão primeira a seu respeito era a de que tinha inteiro domínio sobre si mesmo, autossuficiente em razão, talvez, de sua vida de regalias, recebendo dos pais não a atenção necessária, mas um equivocado suprimento de bens.

Levantei-me e fui em direção à mesa do jantar, onde o rapaz comia sozinho e em silêncio.

— Tem gostado da fazenda? — perguntei e puxei uma cadeira ao lado da mesa.

Ele me olhou sério e disse:

— Gosto de comer sozinho, se não se importa. — E voltou a baixar os olhos para o prato de lentilhas e carne assada.

— Pensei que pudéssemos ser amigos — insisti.

— Amigos? — Desta vez nem levantou os olhos do prato. — Existe isso por acaso? Quando uma pessoa se aproxima de outra, há sempre algum interesse por trás.

— Muito pessimista para um jovem de catorze anos.

— Qual o seu interesse na fazenda do meu avô? — Ele levantou a vista e me encarou, sempre sério, a testa franzida como se estivesse preocupado.

— Sou amigo do coronel Menezes — eu disse. — E aqui é sempre um bom lugar para a gente refazer as energias e acalmar o espírito. Não está se sentindo assim aqui na fazenda?

— Olhe aqui, seu Gavião Vaqueiro ou seja lá quem for. Não quero conversar com ninguém, quero apenas jantar. Quando tiver de lhe falar alguma coisa, eu mesmo tomarei a iniciativa.

— *Apá nené tchuchinha* — eu disse em língua kamayurá e me retirei.

Atravessei a sala de estar e, antes de sair no alpendre da casa, ainda olhei na direção de José Eduardo. Ele continuava a comer tranquilamente. Não teria ficado nem curioso em relação ao que falei?

Minha intenção agora era conversar com o capataz Eusébio, que parecia já ter travado algum contato com o garoto. Afastei-me da casa-grande e fui em direção ao galpão dos vaqueiros. A noite estava bela e estrelada, uma brisa suave envolvendo tudo.

Ao longe, o mugido dos bois e, mais à distância, o rosnar de alguma canguçu caçadora à procura de algum bezerro gordo para o jantar. Nas fazendas do Mato Grosso era assim: o barulho das vacas, a sua presença, os currais, a orla da floresta em recuo de proteção, como que deixavam em tempo remoto o aconchego da natureza, que eu sempre sentia quando estava em viagem.

Uma fazenda de gado era sempre algo artificial no meio da floresta — as casas, os vaqueiros, a derrubada para os pastos, as estradas abertas para a condução dos rebanhos de corte. A desculpa dos fazendeiros era a de que o país crescia e precisava sempre de mais carne.

Quando passei perto de um curral, onde estavam alguns cavalos da fazenda, o meu Rosilho relinchou, mostrando que pressentira a minha passagem. O relincho do cavalo é a sua "fala", às vezes alto ou baixo, ou apenas um murmúrio em viagem de longa duração, como se de fato conversasse com o cavaleiro. Sem dúvida o animal entende a gente, sente-se amigo e protetor, e a sua companhia é confortante.

Eu tinha uma larga experiência com cavalos. Este de agora também não tinha nome, embora o chamasse de Rosilho, para que ele não se sentisse tão anônimo ao meu lado. Era um belo animal, forte, o pelo lustroso entre o branco e o baio, a crina e a cauda levemente escuras. O detalhe curioso é que os cavalos têm os seus caprichos, como as pessoas, e eles sabem distinguir entre o bom e o mau cavaleiro pelo simples jeito de montar na sela e lhe puxar as rédeas.

Não cheguei a entrar no galpão de dormir dos vaqueiros; seu Eusébio apareceu na porta e veio ao meu encontro, pois eu continuava no pátio da fazenda, em frente ao curral — queria que o Rosilho sentisse que eu estava por perto.

Disse ao capataz quem era e que iria passar alguns dias na fazenda, discutindo alguns assuntos com o coronel Menezes.

— Da última vez que estive aqui o capataz era outro — eu disse.

— Sim, era outro — confirmou seu Eusébio. — Mas eu conheço o Gavião Vaqueiro de nome. Já trabalho para o coronel faz muito tempo.

Ele apontou para o curral e observou:

— Aquele rosilho é o seu cavalo, naturalmente. É um belo animal. Tem os ombros largos de um pantaneiro. Pernas musculosas mas não pesadas. O dorso e a garupa no ponto exato da sela.

— Capataz seu Euzébio, como está se saindo com o neto do coronel Menezes?

— Bem... ele é um cabeça-dura e só faz o que quer. Quando chegou aqui, faz uma semana, nunca tinha montado num cavalo. É certo que lhe dei a égua Trigueira, mansa, para montar, mas seu Zé Eduardo aprendeu logo a cavalgar e galopa bem.

— Ele gosta de montar?

— Gosta. Mas às vezes acho que ele já está se aborrecendo. Logo mais vai criar asas e voar daqui. O coronel apenas me recomendou que deixasse seu Zé Eduardo fazer o que bem entendesse. "Se ele quiser se matar..." Foi o que me disse o coronel.

— Seu Eusébio, aquele cavalo ali já foi amansado?

— Já, já foi domado, mas continua meio xucro. O Negro é do coronel e é ele quem melhor domina o bicho.

Combinei com o capataz que dali em diante eu "tomaria conta" do neto do fazendeiro e lhe pedi que soltasse a égua Trigueira no pasto, longe da fazenda. Minha intenção era cavalgar, na manhã seguinte, com José Eduardo, ele montando o cavalo do coronel.

Por fim, seu Eusébio ficou sabendo de todo o meu trato com o coronel em relação ao seu neto.

— Vou ver se posso amansá-lo para o coronel — eu disse. — Tenho vasta experiência com os cavalos xucros.

— Não vai ser fácil não, Gavião Vaqueiro. Se seu Zé Eduardo sentir que está sendo pressionado, ele cai fora.

— Tenho de descobrir qual é o ponto fraco dele. Sabe se ele gosta de armas?

— Não sei... Bem, um dia me perguntou se o coronel não tinha carabinas para os jagunços... Veja só. Eu disse que o coronel não tinha jagunços, mas apenas vaqueiros, e que alguns usavam armas, mas só para defesa pessoal.

— E ficou nisso?

— Ficou nisso.

— Ele demonstrou algum medo nessas cavalgadas, seu Eusébio?

— Nada. Parece não ter medo de nada. Perguntou até se seria difícil caçar uma onça.

— Uma onça? Bem, seu Eusébio, acho que vou dar ao menino um cavalo novo, uma carabina e lhe preparar uma caçada à canguçu.

O capataz deu uma gostosa gargalhada, como se estivesse antevendo o fracasso total do neto do coronel.

— Vai matar o rapaz, Gavião Vaqueiro — ele disse.

— Não, acho que não. Bem, só não posso fazer isso, matá-lo. Pedido direto do coronel.

Achamos graça, curiosos e em expectativa quanto aos acontecimentos futuros. Dei boa-noite ao capataz e fui para o meu quarto de hóspede, cuidar dos primeiros preparativos para o amansamento do neto do coronel Menezes.

3

Aproveitei ainda o começo da noite, em meu quarto, para limpar a minha carabina Winchester, que tinha sido arrumada num canto com os meus embornais de viagem.

"Se o neto do coronel for embora de repente, nunca vamos saber se ele era uma pessoa boa ou não, se podia mudar ou não o seu comportamento", pensei. "E ele voltará para a cidade grande, para acabar de se matar de drogas e de tédio."

A situação, ali na fazenda, era estranha — eu tentando improvisar alguma coisa para levar a bom termo aquela missão dada a mim pelo coronel Menezes. Na realidade, nem eu sabia, ou mesmo o fazendeiro, e talvez muito menos Celina, se de fato poderíamos encontrar um "remédio" para José Eduardo, um meio de apaziguá-lo com o mundo. Sim, porque ele estava de mal com tudo, em guerra contra qualquer coisa. Estava a fim de provar o quê?

De repente, ouvi baterem na porta do meu quarto. Pensei que fosse a empregada, trazendo-me alguma coisa ou um recado do coronel. Mas era o neto do fazendeiro.

Olhar altivo, sério, foi logo indagando quando abri a porta:

— O que quis me dizer com aquelas palavras?

— Que palavras?

— Ninguém fala comigo daquele jeito e vai embora. Quero saber o que me disse. Eu sei usar muito bem os meus punhos, seu Gavião Vaqueiro.

— Eu também, Zé Eduardo — meu tom de voz era meio gozador.

— Não tenho medo de você, seu caçador.

— Nem eu de você, Zé Eduardo. Quer entrar um pouco pra conversar?

— Diga-me o que querem dizer aquelas palavras.

— Que palavras?

— *Apá nené tchuchinha.*

— Boa cabeça você tem, Zé Eduardo — mudei o tom irônico da minha voz. — Estas palavras, em língua kamayurá, querem dizer: "Você está queimando". Quando os índios sentem que alguém é um rebelde... sem causa, eles falam isso.

José Eduardo ficou pensativo e chegou a esboçar um sorriso.

— Além de caçador... sabe a língua dos índios? — perguntou.

— Bem, se você sabe os três troncos principais das línguas dos índios, você fala com qualquer tribo do Xingu. Entre um pouco, Zé Eduardo, que lhe explico isso direitinho.

Ele vacilou, mas acabou entrando, depois de observar com atenção a Winchester em minhas mãos. Olhou todo o quarto e sentou-se na beirada da minha cama.

— É fácil aprender kamayurá? — indagou.

— Sim, é fácil, se você, como eu já disse, sabe os três troncos principais: aruake, karibe e tupi. O índio kamayurá é de origem tupi. Sabendo tupi, você pode se entender com os kamayurás, os aweti, os kalapalos, os kuikuros, os yawalapiti. E assim por diante.

Sentei-me ao seu lado na cama, e Zé Eduardo, sem pedir, com ar arrogante, pegou a minha carabina, quase a arrebatando de minhas mãos.

— *Uambi terrão* — eu disse.

Ele me olhou com ar interrogativo, acionando a culatra da carabina.

— Nunca pede por favor quando quer alguma coisa, Zé Eduardo?

Levantou os ombros, meio indiferente.

— Não tenho o hábito — disse.

— Foi muito mal educado pelos seus pais, reconhece isso, Zé Eduardo?

— Está me passando um sermão? — Ele devolveu-me a arma, ao mesmo tempo em que se levantava da cama.

— Posso lhe fazer uma pergunta careta?

— É o que posso esperar do famoso Gavião Vaqueiro.

José Eduardo fez menção de se retirar do quarto e então lhe perguntei:

— O que espera da vida, Zé Eduardo? Tem algum ideal?

— Ideal? — sorriu. — Estudos? Carreira?

— Suponhamos que de repente você não tivesse mais o sustento dos seus pais e o apoio do seu avô. O que faria?

Ele olhou o escuro de noite pela janela do quarto — uma coruja bateu asas perto da casa.

— O que um bicho da mata faz para sobreviver? — ele perguntou.

— O bicho mata por instinto para sobreviver, não por maldade — eu disse.

— Pois é isso, Gavião Vaqueiro. Na selva da cidade grande eu mataria por instinto para sobreviver.

— Sabe que não é a mesma coisa.

— Que conversa mais besta... e careta. Pensei que aqui na fazenda fosse ouvir sermões da tia Celina e do meu avô, mas nunca de um caçador que mata para sobreviver.

Ele deu uma gargalhada e se retirou.

Saí no corredor, que ligava os quartos à sala de estar, e disse:

— Zé Eduardo, amanhã vamos cavalgar juntos. Um longo passeio.

O rapaz se voltou e disse:

— Já cavalgo com o capataz Eusébio.

— Amanhã o capataz vai ao campo com os vaqueiros. Poderá usar a minha carabina, se quiser. E o cavalo do coronel, que é um bom animal.

Ele arregalou os olhos:

— Posso usar a Winchester?

— Sim, foi o que falei. Pode usá-la. Iremos até o Arroio Grande, um lugar muito bonito da fazenda.

— Gavião Vaqueiro, diga alguma coisa naquela língua kamayurá. Gosto do som das palavras.

— *Mande acu uê-inhá*?

— O que quer dizer? — ele parecia menos tenso. Será que eu começava a atingi-lo com alguma coisa?

Traduzi:

— Quem é aquela pessoa que vem?

Ele sorriu e indagou:

— Quem é aquela pessoa que vem?

Foi se afastando, como se quisesse dar a entender que não estava muito interessado na resposta — o certo: ele não queria ceder em nada, não se submeter a coisa alguma, talvez por se sentir inseguro ou humilhado.

Minha resposta o atingiu quase no fim do corredor:

— Tente decifrar; é um enigma dos kamayurás. Faz parte da sabedoria dos índios.

José Eduardo desapareceu da minha vista. Ele talvez achasse que já tinha se envolvido muito comigo, conversado além do limite de sua tolerância em relação ao seu semelhante. De uma coisa eu ficara certo: o neto do coronel Menezes era um garoto muito inteligente, e estranho que tão desiludido em relação às pessoas e ao mundo.

O que acontecera com ele, que o coronel e a tia não haviam me contado? Que tipo de pais José Eduardo teria? Provavelmente, ambos os pais sentiam-se viajantes solitários por terras estranhas; o jovem filho largado à própria sorte, como se o dinheiro lhe pudesse suprir tudo: amor, carinho, atenção, valores nobres da condição humana.

Em meu íntimo eu tinha medo de, mais do que de repente, me tornar para o rapaz uma pedra a mais em seu sapato de ser civilizado e cheio de vícios e mágoas, ouvindo sempre sermões e reclamações, e a palavra "não" sendo repetida a todo momento em seus ouvidos. Mas, embora bem mais velho que José Eduardo, eu era um jovem, mesmo sob a perspectiva dele.

De fato, era difícil atingi-lo — eu esperava que alguma coisa acontecesse. A língua dos kamayurás o despertara. Aquela última frase, "quem é aquela pessoa que vem", ficaria martelando na sua cabeça. Ele gostava, sem dúvida, das coisas exóticas, estranhas, gostava do mistério — ali, a floresta, não bem a fazenda, era um mundo novo para ele, cheio de coisas a serem compreendidas e descobertas.

"Talvez esse seja o caminho", pensei.

Eu tentava organizar minhas ideias em relação a ele; tudo ainda me parecia meio confuso. Na verdade não sabia por onde começar, mas já lançara alguns dardos em direção a José Eduardo, que se defendera de alguns e assimilara outros.

— *Mande acu uê-inhá* — murmurei.

O importante: eu havia feito contato com ele, embora a continuidade de nosso relacionamento ainda me parecesse bastante problemática. Tudo poderia acontecer — Zé Eduardo largar tudo e ir embora, ou continuar a meu lado, num teste talvez inconsciente de desafio ao desconhecido.

"Amanhã é outro dia", pensei. "E tudo pode acontecer."

De qualquer maneira, eu tinha esperanças de que aquela minha estranha missão chegaria a bom termo.

Nunca um desafio na vida me fora tão complexo. Como dizem os jurunas, *puchichirrá udi*, vivemos deitados, esperando.

4

Tomamos o café da manhã todos juntos. O neto do coronel foi o último a chegar à mesa, o que nos deu tempo para uma conversa ligeira.

Celina estava muito curiosa e foi logo me perguntando:

— E Netinho, Gavião Vaqueiro? O que acha dele? Conseguiu se aproximar do garoto?

— Será que ele lhe permitiu isso? — ajuntou o fazendeiro.

— Sim, me aproximei um pouco dele. Como garoto inteligente que é, tem curiosidade pelo que não conhece, embora eu saiba que essa curiosidade possa ser passageira. Ele me parece indiferente a tudo.

— É... é um rapaz estranho — disse o coronel. — Ainda bem que não trouxe para a fazenda aqueles discos de música barulhenta...

Informei ao fazendeiro sobre a ideia de levar o garoto para cavalgar comigo, ele montando o cavalo do coronel.

— O capataz seu Eusébio vai se ausentar com um grupo de vaqueiros — acrescentei. — E como Zé Eduardo me parece que gosta de desafios...

— Gosta de desafiar o mundo e a todos — disse o coronel.

— Pois é... Quando eu o levar para o curral dos cavalos, gostaria que alguns vaqueiros estivessem presentes. Assim, Zé Eduardo não se recusará a montar o Negro... mais uma vez, se for derrubado na primeira investida.

O fazendeiro achou graça, e Celina também concordou com a ideia, mas ponderou:

— Será bom esse expediente de humilhá-lo?

— Saberemos logo mais — disse o coronel.

— Oi, oi...

Era José Eduardo que chegava, banhado, rosto limpo, ar tranquilo. Ninguém desconfiaria que estivesse "queimando" por dentro.

— Passou bem a noite, Netinho? — perguntou a tia.

— Sim, aqui na fazenda tenho dormido bem.

Enquanto o rapaz se servia das broas de milho e misturava o seu café com leite, o coronel disse:

— O Gavião Vaqueiro me disse que vão cavalgar juntos hoje. Ele quer levá-lo até o Arroio Grande, e vocês podem aproveitar e ir ver a reserva dos cavalos selvagens que trouxemos de Roraima.

— Aqui tem cavalos selvagens, vovô?

— Sim, temos uma pequena reserva mantida por mim e pelo governo federal. Só assim pudemos salvar os últimos cavalos selvagens do Brasil. A minha égua Bela está com o garanhão Corisco. Ele é o líder da manada e não faz muito tempo chegou a matar uma onça a patadas.

— Os últimos cavalos selvagens do Brasil... — murmurou José Eduardo, sorvendo um pouco de café.

Estava feito: havíamos espicaçado a sua curiosidade e desviado a sua atenção para os perigos que correria se de fato fosse montar o cavalo do coronel.

— Vamos logo agora de manhã, se não se importa, Zé Eduardo — eu disse. — Passaremos o dia todo fora; o Arroio Grande fica longe.

— Podemos caçar alguma coisa? — perguntou o rapaz com os olhos arregalados.

— Sim, podemos caçar algum animal velho, sem serventia.

— Como assim, Gavião Vaqueiro? — perguntou José Eduardo.

— Tenho o meu código de caçador. Só abato para comer algum animal ou ave que já envelheceram — os machos — e que já cumpriram a sua faina de reprodução. Sou um ecologista.

— Sim, eu sei o que é isso — disse José Eduardo. — Agora todo mundo só fala nessa coisa. Será que somos parte mesmo da natureza, ou uma "aberração" à parte?

O coronel me olhou com ar espantado, Celina sorriu um pouco. O fazendeiro falou, talvez feliz por ver o neto conversando assim, desenvolto, sobre assunto sério:

— O doutor Levilier já conversou muito comigo sobre esse assunto. Na verdade, foi o meu amigo arqueólogo quem teve a ideia de trazer os cavalos selvagens aqui para a fazenda. Bem, o doutor Levilier me falou numa tal de hipótese Gaia, de um inglês chamado James Lovelock. Ele acha que há um inconsciente animal e vegetal no planeta, que controla tudo, desde o oxigênio da atmosfera ao equilíbrio entre todos os seres vivos. E o maior fator de equilíbrio são as florestas.

Olhei para José Eduardo, que tomava café de cabeça baixa, como se não estivesse prestando atenção ao seu avô. O coronel continuou:

— A "aberração" a que se referiu Netinho faz parte e contribui para o equilíbrio terrestre. Se essa espécie começa a prejudicar tal equilíbrio, a Terra, que é um "ser" vivo, poderá eliminar a espécie em questão.

José Eduardo levantou os olhos da xícara de café, encarou sério o avô e disse:

— Assim como já aconteceu com os dinossauros?

— Isso mesmo, meu neto, você chegou ao ponto da questão. Há como que uma "mão invisível" da natureza regendo tudo. Se o homem continuar a ferir e a maltratar a Terra, ela se livrará dele. Os animais, os seres vivos em geral, "sabem" que a taxa de oxigênio em nossa atmosfera tem de ser exatamente de vinte e um por cento. Há milhões de anos isso acontece. Se esta taxa subir de repente para trinta por cento, bastaria um raio para tocar fogo nas florestas e fazer a água dos oceanos ferver.

— Que coisa fantástica, vovô — disse José Eduardo. — Pensei que essa coisa de ecologia, de preservação do verde, fosse conversa fiada de políticos e vendedores de produtos naturais. E esse seu amigo, esse doutor Levilier, o que ele acha que aconteceu com os dinossauros? Como a Terra se livrou deles?

— Bem, segundo essa hipótese Gaia, os próprios dinossauros começaram a alterar a composição da atmosfera da Terra, ameaçando as demais espécies. Comiam e se reproduziam em excesso. O que fazer? Se tal fato continuasse, dentro em pouco aquele fino equilíbrio de oxigênio, a vinte e um por cento, acabaria se rompendo, e a Terra viraria uma fornalha. Então, a "mão invisível" da natureza, por meios que a ciência especula e desconhece, provocou a extinção quase súbita dos dinossauros.

— E como fez isso? — José Eduardo estava vivamente interessado, o que enchia o coronel de satisfação.

— Os dados jogados pela ciência foram muitos. O clima da Terra se deteriorou, a dieta dos dinossauros também. Talvez as doenças, ou um forte parasito que os atacou. A própria mudança da composição da atmosfera, gases venenosos de milhares de vulcões. Vocês sabem, os continentes estavam se afastando e isso provocou grandes erupções na crosta da Terra. Fala-se ainda numa praga provocada por pequenos mamíferos comedores de ovos e até na mudança dos polos gravitacionais da Terra. Ela própria teria drenado os pântanos e lagos, privando os dinossauros de seu meio ambiente.

— E qual dessas é a teoria mais satisfatória? — voltou a indagar José Eduardo.

— Bem, a que parece mais lógica à ciência e à hipótese Gaia, embora seja a mais fantástica, é a teoria do meteoro gigante que foi "atraído" para a Terra.

— Foi atraído, coronel? — eu perguntei, não menos espantado do que José Eduardo.

— Sim, por aquela "mão invisível".

— E aí, pai, o que aconteceu? — indagou Celina.

— Bem, primeiro foi descoberta, na Itália, uma fina camada de argila vermelha, numa escavação. Na formação rochosa, essa camada estava no meio de duas camadas de calcário. A camada inferior estava cheia de fósseis, e a superior não tinha nenhum. Então, os cientistas acharam que a camada de argila vermelha tinha relação com a extinção dos dinossauros. Por quê?

— É, vovô, por quê?

— Ora, porque a tal camada era muito rica em irídio, metal

que só poderia ter vindo de fontes externas à Terra. Acabou com a vegetação.

— Mas nós temos fontes de irídio aqui, pai — observou Celina.

— Sim, mas não em tamanha concentração. Então, o tal irídio foi depositado pelo meteoro ou asteroide gigante que supostamente atingiu a Terra. Depois da sua descoberta na Itália, outras fontes de irídio foram encontradas em muitas partes do planeta. Esse irídio só é fundível a dois mil e quatrocentos graus centígrados!

— E o que essa "mão invisível" da natureza estaria preparando para a espécie humana, vovô? — José Eduardo indagou e se levantou da mesa, como se com a sua pergunta estivesse dando por encerrado o seu momentâneo interesse por aquele assunto.

— Conversa produtiva, Gavião Vaqueiro — disse o coronel Menezes, enquanto via o neto atravessar a sala e sair da casa.

— Acho que ele está interessado naquela cavalgada — disse Celina.

— Coronel, o senhor tem um revólver? — perguntei.

— Sim, tenho, um Smith 38.

— Poderia me emprestar a arma? Vou levar também a minha Winchester e ensinar Zé Eduardo a atirar com arma de fogo.

O fazendeiro e a filha se entreolharam.

— Acha isso prudente, Gavião Vaqueiro? — ele perguntou.

— Terei cuidado; não se preocupe.

O coronel desta vez não disse nada, e Celina balançou a cabeça, como se dissesse "o que será que esses dois estão arranjando?".

O coronel foi até seu gabinete e me trouxe o revólver, que coloquei no cós da calça, por baixo da minha camisa de mescla. Apanhei no quarto a minha carabina e saí no alpendre da casa-grande ao lado do fazendeiro e de sua filha.

De longe, vimos José Eduardo próximo ao curral dos cavalos. Ele, esperto, talvez desconfiado, observava o cavalo do avô, como a querer saber se de fato poderia montá-lo.

O coronel deu ordens a um vaqueiro para que trouxesse algumas pessoas — mulheres e crianças também — para perto do curral dos cavalos. Ele sabia que eu pretendia armar um "circo" para o seu neto.

Descemos os degraus do alpendre da casa e fomos em direção ao curral dos cavalos.

5

No percurso, o fazendeiro pediu a um vaqueiro para encilhar Negro e o meu Rosilho.

José Eduardo observou que eu estava com a minha carabina e não se importou muito com a presença do avô e da tia, mas indagou ao coronel:

— Por que não monto aquele cavalo alazão? Cadê a égua Trigueira?

— O capataz Eusébio precisa dela hoje no campo — informou o fazendeiro. — O alazão é bom cavalo para pastorear o gado. Monte o Negro, é um animal excelente, Netinho, não está vendo?

O cavalo estava agitado com a nossa presença, correndo de um lado a outro do curral. Assim que o coronel aproximou-se da porteira, Negro veio em sua direção, deu um ligeiro relincho e se afastou.

— Veja que belo garanhão, Netinho — disse o fazendeiro. — Não existe melhor animal para um galope pelo cerrado.

O vaqueiro encarregado de encilhar Negro teve alguma dificuldade, sendo ajudado por mim e pelo próprio coronel, que entrou também no curral.

Falando baixinho ao seu ouvido e acariciando a sua crina, o fazendeiro conseguiu acalmar o cavalo e só então chamou o neto:

— Pode vir, ele está calmo, pode montar.

Eu já havia pegado o meu Rosilho pelo cabresto e o tirado do curral.

José Eduardo vacilou um pouco, olhando para as patas ágeis do Negro, que voltara a ficar meio desassossegado.

— Venha, Netinho, fale com ele — disse o coronel, passando as rédeas do cavalo para o garoto.

— O senhor sabe que aprendi a montar aqui na fazenda... — disse meio baixo José Eduardo, como se já estivesse se desculpando de alguma coisa.

Rédeas e cabresto do Negro em suas mãos, o rapaz olhou em torno do curral e descobriu que muita gente o estava observando — vaqueiros, algumas mulheres, crianças, até o ferreiro da fazenda largara o seu serviço e, de avental, aproximara-se curioso.

O coronel e mais um vaqueiro tinham aberto a porteira do curral, dando a entender a José Eduardo que, logo após montar, poderia sair por ali e ganhar o campo comigo, já montado e à sua espera.

Então José Eduardo cometeu o seu primeiro erro: tentou montar o cavalo de um supetão só, quase pulando no estribo e se jogando na sela. O cavalo relinchou e o jogou ao chão com certa violência, fazendo com que o rapaz quase fosse atingido por alguns esteios da cerca do curral.

Houve uma gargalhada geral — ele muito espantado, sentado no chão, olhando em volta como se ainda não entendesse o que havia acontecido.

Negro deu uma volta no interior do curral e veio em direção do cavaleiro abatido. E ficou quase a seu lado, resfolegando, como a desafiá-lo.

— Levante-se e monte de novo, Netinho — disse o coronel, num tom de ordem.

— Quero o meu cavalo... — disse o rapaz choramingando, tal qual uma criança.

— Sabe que a égua não está aqui — voltou a falar o coronel. — Quer montar o cavalo da sua tia? Cavalo mansinho de mulher?

Os que observavam a cena voltaram a gargalhar.

O rapaz levantou-se bufando de raiva e veio em minha direção, eu já montado no Rosilho.

— Quero montar o seu cavalo, Gavião Vaqueiro — ele disse. — Monte o outro.

— Está bem — concordei.

O coronel Menezes fez um gesto, tentando me dizer que eu não devia aceitar a imposição do garoto, mas eu tinha um plano.

Ao desmontar, e antes de passar rédeas e cabresto para José Eduardo, estreitei um pouco a cilha da sela, comprimindo mais

a barriga do Rosilho. Eu sabia que o cavalo não gostava disso e com certeza iria jogar ao chão qualquer cavaleiro que o montasse agora.

Satisfeito por ter imposto a sua vontade, José Eduardo voltou-se para o avô, antes de montar, e disse em tom ameaçador:

— Velho maluco!

Pé no estribo, impulso para jogar o corpo por cima da sela, Rosilho deu logo um relincho — atendeu um pouco à rédea, ensaiou uns galopes e, quando José Eduardo achou que estava seguro em seu lombo, veio o pulo e a corcova no ar, e mais uma vez ele foi ao chão.

Caiu meio de mau jeito, o que fez Celina aproximar-se dele bastante preocupada.

— Você está bem, Netinho?— ela indagou.

Novas gargalhadas, alguns comentários.

— O netinho do coronel não é bom de montaria — alguém comentou.

— Bem... agora só resta o cavalinho da Celina — disse o coronel, abrindo os braços e se retirando.

De mais distante, próximo da casa-grande, ainda falou:

— Gavião Vaqueiro, acho que você vai ter de dar o seu passeio até o Arroio sozinho. — E entrou, fazendo um aceno para a filha.

Alguns vaqueiros se retiraram de perto do curral. Havia agora um grande silêncio, quebrado por um ou outro relincho do cavalo negro, que continuava no curral, cuja porteira fora novamente fechada.

O rapaz acabou por se levantar, com alguma dificuldade, quando a tia também se afastou.

— Só gosta das coisas fáceis, Zé Eduardo? — perguntei, estranhando que ele se dirigisse novamente para o curral dos cavalos.

Celina parou a meio caminho da casa-grande. O coronel Menezes reapareceu no alpendre. Aproximei-me do Rosilho e desapertei a sua cilha, o que ele agradeceu com um relincho de contentamento, som que eu muito bem conhecia.

Já dentro do curral, José Eduardo tentava pegar as rédeas do Negro.

"Se eu não ajudá-lo, ele vai se machucar", pensei.

Amarrei Rosilho num esteio da entrada do curral e fui também ao encontro de Negro, que se aproximava e se distanciava de José Eduardo, como a desafiá-lo.

— Zé Eduardo, você tem de se achegar do Negro com o coração limpo, sem raiva. Diga para si mesmo que é amigo do cavalo e que não vai lhe fazer nenhum mal.

— Que besteira é essa, Gavião Vaqueiro? — ele ainda estrebuchava de revolta, por sentir que fora motivo de gozação para todo o pessoal da fazenda.

— É o que eu estou lhe dizendo — voltei a falar. — Aproxime-se do Negro devagar. Vou ajudá-lo.

— Não, não quero ajuda.

Num ímpeto, José Eduardo conseguiu apanhar o cabresto do Negro, que começou a levantar as patas dianteiras e a relinchar. O rapaz tentava segurá-lo, começando a ser arrastado pelo garanhão. Foi aí que entrei também na dança e segurei com ele o cabresto.

Eu disse palavras amenas e de elogio para o cavalo. Um vaqueiro se aproximou e conseguiu apanhar as rédeas que, junto com o cabresto, deram-nos maior firmeza para segurar o animal.

Quando o cavalo se acalmou um pouco, pedi a José Eduardo que se aproximasse do lombo do animal, ao lado da sela, e acariciasse a sua crina. E, se não quisesse falar nada, que pensasse nele como um amigo, admirando-lhe a beleza e o porte altivo.

— O Negro já é um cavalo domado, Zé Eduardo — eu disse. — Ele está só embirrando com você, porque não o conhece e porque você o tratou com arrogância, com orgulho.

Ele me olhou com ar de desdém, mas se aproximou do cavalo. Enquanto isso, eu e o vaqueiro controlávamos o animal, já mais calmo. Se ele derrubaria novamente o garoto, ninguém saberia dizer ainda.

— Como dizer ou pensar uma coisa que não sinto? — José

Eduardo me perguntou baixinho e acrescentou: — Todo cavalo é estúpido, tem o cérebro do tamanho de um limão pequeno.

— Você é quem pensa — eu disse. — Olhe lá o seu avô e a sua tia. Todos estão esperando que monte novamente no Negro. Vai decepcioná-los e pedir o cavalinho da tia Celina?

— Vou montar no Negro — ele disse, decidido.

Encostou-se na barriga do animal, que tinha a sela muito acima de sua cabeça. Colocou a mão direita no estribo e com a esquerda foi acariciando a crina do cavalo, que o observava de lado e resfolegava. De vez em quando saía do lugar e fazia uma espécie de volta, nós três o acompanhando com o maior desvelo.

José Eduardo tinha agora as duas mãos apoiadas na sela.

— Diga-me quando devo montar, Gavião Vaqueiro — ele me pediu com o semblante mais calmo.

— Está bem, preste atenção. Você não deve se fazer de altivo nem de mole com o cavalo. Uma vez montado, não queira impor logo a sua vontade, mas segure as rédeas como se fosse o dono dele. Fale com o Negro: "Cavalinho bonito, cavalinho bom, vamos dar umas voltas, não quer olhar as belas éguas no Arroio Grande?"

— Cavalinho bonito... — foi repetindo José Eduardo — cavalinho bom, vamos dar umas voltas, não quer olhar as belas éguas no Arroio Grande? Ora, Gavião Vaqueiro, isso é ridículo.

— Mas você disse e o Negro o ouviu muito bem. Olhe para ele; está mais calmo e contente. Passe as mãos na cabeça do Negro, na sua crina, descendo em direção ao focinho, ele não morde.

José Eduardo foi fazendo o que eu dizia e, sem dúvida, tomando maior intimidade com o cavalo e ficando senhor da situação.

— É você quem vai dominá-lo, quem vai montá-lo como um amigo, para juntos correrem pelo cerrado.

— Cavalinho bonito... — repetia José Eduardo, acariciando o animal — cavalinho bom, vamos dar umas voltas, não quer olhar as belas éguas do Arroio Grande?

— Agora pode montar — eu disse. — Mas com calma, segurando as rédeas em espaço mais curto.

Negro aceitou bem a sua montaria, embora tenha baixado e levantado o pescoço várias vezes.

— Fale com ele, Zé Eduardo — eu dizia.

O rapaz, entre nervoso e alegre, segurava as rédeas com a mão direita e com a outra acariciava o pescoço lustroso do cavalo, sussurrando-lhe palavras amigáveis.

Peguei o meu Rosilho, fora do curral, e montei.

— Dê-lhe um pouco de rédea e venha até aqui — falei.

José Eduardo obedeceu, e Negro acabou saindo do curral em marcha lenta.

— Ele é todo seu agora — eu disse. — Cavalgue a meu lado.

Fomos atravessando o pátio da fazenda. Em frente à casa-grande, José Eduardo olhou para o avô e a tia com ar de orgulho.

Ao dar com a mão para o fazendeiro, lembrei-me de perguntar-lhe sobre um velho mestiço que tomava conta da reserva dos cavalos.

— O Ariari ainda é o vigia dos cavalos selvagens, coronel?

— Ainda; veja se ele está precisando de alguma coisa.

Aticei meu cavalo para um galope mais largo; José Eduardo fez o mesmo com o Negro, e nos afastamos da fazenda, certo eu de que o neto do coronel havia amadurecido um pouco naquele curral e com aquelas quedas.

6

Fizemos uma estirada longa em direção ao Arroio Grande.

Desde que eu trouxera o rebanho de cavalos de Roraima, muita coisa tinha mudado por ali. Havia derrubada de árvores, novos pastos para o gado, algumas roças de milho e arroz. A floresta cada vez mais se distanciava da fazenda. Isso estava acontecendo em toda a Amazônia.

Por volta do meio-dia, chegamos à choça do mestiço Ariari — esburacada, vazia. Deixamos os cavalos amarrados num esteio em frente à casa e caminhamos em volta à procura de algum sinal do velho.

Foi um bom momento para iniciar José Eduardo na "leitura" dos rastos da floresta. Mostrei-lhe, em trilhas estreitas, os pequenos cascos fendidos das cutias e os sinais dos cascos maiores dos porcos-do-mato, as valentes queixadas.

Ele estava satisfeito, mas se queixava de dor nas costelas, em razão dos tombos que levara.

— Onde estará esse índio velho? — eu dizia, à procura também de seus rastos.

— Encontrar rasto de gente é mais fácil do que identificar os rastos dos animais —disse José Eduardo, tentando identificar, numa trilha mais larga, os sinais da passagem de Ariari.

— Você é quem pensa — falei. — Os rastos de um velho pouca gente identifica na floresta.

O rapaz me olhou espantado e perguntou:

— Por que, Gavião Vaqueiro? Um pé de gente, com cinco dedos, não é reconhecido por qualquer um?

— Bem, é... Mas no caso de um velho, mestiço de sangue índio, caçador, que vive sozinho na floresta, a coisa se complica. Garanto a você que já passamos por alguns rastos de Ariari e não vimos nada.

— Ele esconde os rastos, apaga os rastos por onde anda? O velho está com medo de quê?

— Ora, de nada, é apenas um velho hábito... de um velho mestiço. É que ele não pisa, por onde anda, como as pessoas comuns. Encalca o calcanhar na terra ou no mato e quase não roça o resto dos pés nas trilhas. É isso. Todo velho, por si só, já anda fincando os calcanhares para trás, o que não se dirá de um velho mestiço índio?

José Eduardo sorriu:

— Muito interessante, Gavião Vaqueiro. Quer dizer que temos de procurar o rasto de calcanhares, não de pés?

— Isso mesmo. Lembro-me de que perto da reserva dos cavalos havia um igarapé, cujas margens eram cheias de buritis. Talvez Ariari esteja pescando.

Fomos indo por uma trilha estreita, cheia de pedregulhos, sinal de que algum curso d'água estava próximo.

José Eduardo, sempre observando o caminho, ansioso por encontrar algo que denunciasse a presença do velho, acabou me perguntando:

— Gavião Vaqueiro, por que vocês queriam que eu montasse o cavalo de mulher de tia Celina? Ele é mesmo manso? Sempre ouvi dizer que tia Celina era uma ótima cavaleira.

— Era, não, é. E também boa domadora de cavalos xucros.

— E por que aquela história de cavalo de mulher?

— Ora, era para mexer com você, com os seus brios... de homem.

— Muito engraçado.

— José Eduardo, você está sentindo o cheiro de alguma coisa?

Ele aspirou o ar em volta, observou os arredores — havia o cheiro de resina das árvores, de muitas flores que, com o tempo, aprendemos a distinguir. Então, qualquer coisa estranha, diferente dos cheiros da floresta, como posso dizer, acaba nos "agredindo" o olfato.

— Sinto cheiro de carvão — arriscou José Eduardo. — Ou de lenha queimando.

— Você acertou em parte — eu disse. — O nosso velho índio mestiço está assando peixe na beira do igarapé. Fique descansado que o nosso almoço está garantido.

— Sim, Gavião Vaqueiro, agora posso identificar o cheiro de peixe assando.

— É porque o vento mudou totalmente para o nosso lado.

Por via das dúvidas, ainda seguindo pela trilha, peguei a carabina, que estava comigo a tiracolo, e a engatilhei.

— Fique bem atrás de mim, Zé Eduardo — eu disse.

A trilha, além de estreita, tinha muitos arbustos, que quase a fechavam na altura de um metro ou metro e meio — o cheiro de peixe assado cada vez mais forte nas nossas narinas.

Quando chegamos a um pequeno descampado, clareira não muito limpa, pois havia um buritizal em torno, descobrimos logo uma pequena fogueira fumaçando e por cima uma trempe de ferro com alguns pacus.

— Onde está o velho? — indagou José Eduardo, com voz meio trêmula.

— Deve estar por perto, escondido. Como a gente, ele toma também suas precauções.

— De que vocês têm medo, Gavião Vaqueiro? De bichos?

— Sim, mas de um bicho especial, o homem. Caçadores de peles, furtivos ou clandestinos, costumam matar as testemunhas de seus atos.

Senti, de repente, José Eduardo me segurar por trás o braço esquerdo, como se quisesse proteger-se, de alguma maneira.

— Com medo? — perguntei.

Ele não respondeu — era difícil aquele cabeça-dura admitir tal fraqueza.

— Eu estou com medo — falei. — Nunca se sabe quem se esconde na floresta.

De repente, ouvimos o silvo de algo passando bem rente a nossas cabeças. Meio espantados, vimos uma enorme flecha se cravar num tronco de buriti à nossa frente.

Tudo rápido, uma voz rouca surgindo atrás da gente:

— O que querem por aqui? São caçadores de pele?

— Não somos caçadores — eu disse, fazendo menção de me virar, mas a ordem veio brusca.

— Fique onde está!

— Sou Gavião Vaqueiro, amigo do coronel Menezes. Estou falando com o bari Ariari?

Ouvimos o barulho de algumas folhas secas sendo pisadas.

— E este curumim, quem é?

— É neto do coronel, Zé Eduardo. Viemos visitar a reserva dos cavalos.

À nossa frente, estava o mestiço, velho e de rosto enrugado. Tinha outra flecha de taquara retesada no seu enorme arco kamayurá.

— Por que o curumim se esconde? Está com medo? — perguntou.

— Está falando com você, Zé Eduardo — eu disse.

O garoto saiu de detrás de mim, encarou Ariari e indagou, como a lhe mostrar que não estava com medo:

— Velho ia matar a gente pelas costas?

Ariari baixou a arma e nos convidou a comer peixe com ele.

— Conheço Gavião Vaqueiro de nome — disse o mestiço. — Sei que trouxe os cavalos para a reserva. Mas nunca tinha visto caçador Gavião...

— Isso é certo, bari Ariari. O coronel Menezes foi quem me informou um dia em sua fazenda que a reserva tinha um vigia, e bom vigia. Os cavalos estão bem?

— Vivem bem aqui. Quando alguma pintada se aproxima do rebanho, o Corisco trata logo de espantar a bicha.

Sentamo-nos ao redor da fogueira.

— Trouxeram cavalos? — perguntou Ariari.

— Sim, trouxemos. Zé Eduardo, por que você não apanha os cavalos lá perto da choça de Ariari e os traz para cá? Ali bem debaixo dos pés de buriti há uma relva boa para o pasto.

José Eduardo levantou-se e ficou meio indeciso, procurando pela clareira a saída da trilha por onde tínhamos vindo.

— Bem ali em frente — apontei. — Não tem como errar.

Ele olhou para minha carabina.

— Você não precisa de arma — eu disse. — Mesmo porque não saberia usá-la.

— Já atirei com arma de fogo num sítio de um amigo.

— Sim, acredito, mas esta Winchester é muito violenta, pesada. E não há perigo por aqui... é a morada de Ariari, certo, chefe?

O velho olhou para o garoto e sorriu com a sua boca banguela. Em seguida voltou ao trabalho de tirar o espinhaço de um peixe assado.

— Vá, Zé Eduardo, senão você fica sem comida.

Ele se afastou e pegou certo a trilha.

— O coronel quer que o neto seja educado... nos mistérios da floresta — eu disse.

O velho índio continuou a comer o seu peixe e tratei de comer o meu. Os pacus eram grandes e gordos, gostosos.

— O coronel mandou perguntar se precisa de alguma coisa, Ariari.

Ele levantou a cabeça e disse serenamente:

— Preciso de farinha.

— Açúcar? Sal?

— Não. Esta cinza, que usei no peixe, é o meu sal. Tenho fruta aqui: buriti, oiti, cajá. O igarapé dá também curimatã. É o peixe assado que dura mais sem estragar.

Eu já começava a me preocupar com José Eduardo e os cavalos — olhava para o começo da trilha, que saía na clareira. Ariari também olhava e sentia a minha apreensão.

— Além da onça-pintada, o que temos por aqui? — perguntei.

— Raposinha-do-campo. Tem um ninho delas ali num tronco de buriti.

— Filhotes?

— Três.

— Não mexem com você, Ariari?

— Não. Ficam no território deles e eu fico no meu.

Ouvimos um relincho de cavalo e algo como um tropel.

— Até que ele foi ligeiro, não precisava me preocupar — falei.

Saindo na clareira, a galope, José Eduardo montava o meu Rosilho e puxava Negro pelo cabresto.

— Amarre os dois naquela árvore — eu disse — e venha comer o seu peixe.

José Eduardo fez direito o seu trabalho e, ao se aproximar da fogueira, recebeu de Ariari um gordo pacu assado.

— Coma, enquanto está quente — disse o velho.

O garoto não agradeceu, coisa que eu esperava dele, e comeu o peixe meio trêmulo e faminto — estava suado, excitado, sentimentos de medo e de vitória se misturando, eu sabia.

Mais perto de mim, José Eduardo me perguntou num sussurro:

— Por que chama o velho de bari?

— Ele é um bari, um feiticeiro.

— Um feiticeiro?

— Não está vendo aquele diadema de japu na cabeça dele, cheio de estrias vermelhas?

— Sim, estou vendo. Todo índio ou mestiço não usa isso?

— Não daquele jeito. Ele é um bari, tem poderes.

Negro estava inquieto, enquanto o Rosilho pastava.

— Serão as raposas, Ariari? — perguntei.

— Não, é a canguçu-pintada, que deve ter descido da serra mais cedo hoje. Ela já farejou os animais.

— Numa situação dessa, o que devemos fazer? — apressou-se José Eduardo a perguntar, largando por instantes de comer o seu peixe.

— A única coisa a fazer é esperar — eu disse.

— Esperar que nos ataque? — José Eduardo continuava temeroso.

— Se tiver de atacar, atacará primeiro os cavalos. Certo, chefe?

— Certo... — Ariari estava consumindo o seu terceiro peixe, calmo e integrado na plenitude da natureza.

José Eduardo levantou-se quando o meu Rosilho relinchou, tentando se livrar do cabresto que o amarrava.

— Os bichos vão se ferir, é melhor soltar — disse Ariari.

— Soltar os cavalos? — indagou José Eduardo de olhos arregalados.

— Sim, os cavalos soltos se defendem melhor — eu disse. — Depois a gente os encontra, não vão muito longe.

— Essa, não! — gritou o rapaz.

Jogou o resto do seu peixe de lado, arrebatou a minha carabina, que eu apoiava sobre as pernas cruzadas no chão, e correu em direção dos cavalos.

Ariari ficou parado, só olhando.

Eu gritei:

— Volte aqui, Zé Eduardo. Não faça isso.

Ele voltava, mais uma vez, à sua extrema rebeldia, não dando ouvidos a ninguém, nem respeitando o que quer que fosse.

Ao se aproximar dos cavalos, o meu Rosilho conseguiu se desamarrar e saiu em desabalada carreira. José Eduardo alcançou o Negro e o montou até com certa desenvoltura, mas no ato de querer engatilhar a carabina, soltando ligeiramente as rédeas, o cavalo deu um arranco e estacou de repente, cuspindo o neto do coronel por cima de seu pescoço.

A queda foi feia, por cima das raízes salientes de uma castanheira. Os dois cavalos desapareceram, e não ouvimos mais os seus relinchos. Corri na direção de José Eduardo, Ariari um pouco mais atrás.

Caído de bruços, desacordado, estava com um filete de sangue na testa.

7

A fogueira crepitava agora mais forte, onde, numa espécie de pequeno tacho, Ariari mexia uma gororoba de ervas para dar ao garoto, que demorou a voltar a si.

Após despertar, continuou tonto e com vontade de vomitar.

— O menino é mesmo metido a brabo — disse o velho.

— Se é... o avô que o diga.

— Mas ele já está aprendendo — sorriu Ariari. — Quem não age certo com a natureza, ela pune.

— A lei da selva — eu disse.

José Eduardo tinha nos ouvido, mas não disse nada. Bebeu o chá de Ariari, que acabou descobrindo que as costelas do garoto, do lado direito, estavam muito machucadas.

— Não estão quebradas? — perguntei.

— Não. Tenho na minha choça óleo de pequi. Tem de passar em todo o lombo e depois cobrir com folhas novas de bananeira. Amanhã fica bom.

— Amanhã? — José Eduardo perguntou, tentando se sentar. Aí gemeu muito e voltou a se estirar no chão. — Quero ir embora hoje...

— Ir como? A pé? — indaguei.

Com tudo o que havia acontecido, o tempo passara e a tarde já declinava. Depois que eu e Ariari achamos que José Eduardo já se refizera em parte daquela queda, resolvemos levá-lo para a cabana do velho, onde seria mais bem tratado.

— E os cavalos? — ele perguntava a toda hora, segurando-se em meu ombro e apoiado do outro lado pelo braço forte do velho.

José Eduardo sentia dores por todo o corpo, mas a ferida da testa logo estancara. O corte não fora profundo.

Quando chegamos à choça, o tempo começou a se fechar, ameaçando chuva.

— É melhor a gente ir para dentro — disse o velho. — Faço pequena fogueira lá e a gente pode dormir no quentinho.

— Dormir?

José Eduardo continuava apavorado com a ideia de ter de passar a noite longe da fazenda, em lugar estranho.

Levamos o garoto para dentro da palhoça, onde Ariari tinha algumas esteiras de palha de buriti. Os trovões e relâmpagos se revezavam por sobre nossas cabeças.

— Enquanto você ajeita o garoto, Ariari, vou ver se consigo pegar os cavalos antes de desabar a chuvarada. Os animais precisam se livrar das selas e ficar perto da gente.

— E a onça-pintada? — perguntou José Eduardo, já acomodado a um canto, deitado sobre uma boa esteira de palha.

Ariari já passava no lombo de José Eduardo o seu óleo de pequi.

— Faça isso, Gavião Vaqueiro — disse o velho. — Pegue os cavalos; eu vou atrás das folhas novas de bananeira para cobrir o menino.

— Não saia daqui, Zé Eduardo — falei, mesmo sabendo que ele não poderia ir a lugar algum.

Ainda estava claro, mas Ariari tratou logo de fazer a sua pequena fogueira no interior da choça — com a técnica de algumas tribos, num pequeno buraco cavado no chão, onde colocou alguns tições e brasas de outra fogueira que havia do lado de fora. Alguns índios conservam permanentemente um local com fogo, e algumas tribos, mais primitivas, aproveitam as queimadas das florestas para recolherem brasas, não tendo desenvolvido ainda a técnica de acender gravetos ou folhas secas.

Afastei-me o mais rápido possível da choça de Ariari, tentando identificar, pelos rastos, a direção que haviam tomado os assustados cavalos.

Logo estava chegando ao local onde José Eduardo fizera aquela bobagem — um peixe ainda assava em cima das brasas da fogueira de Ariari. Comi um pedaço e fui em frente.

A floresta escurecia rapidamente, eu não podia perder tempo, senão os cavalos passariam a noite sozinhos e, cada vez mais assustados, poderiam se afastar muito daquele local. Pela minha experiência de outras viagens, os cavalos já domados e acostumados com as pessoas, por instinto ou por alguma sabedoria natural, tinham a tendência de procurar reencontrar seus donos ou cavaleiros.

Eu caminhava, em trilha estreita e sombreada, com essa esperança — os cavalos não teriam ido muito longe, pois a onça-pintada, sentindo a aproximação do temporal, com certeza se recolhera em alguma caverna ou subira em alguma árvore.

Tive então a ideia de chamar por Rosilho. Ele conhecia muito bem o som da minha voz e com certeza, a essa altura, a noite se aproximando, estaria muito apavorado. Minha dúvida maior era se Negro se conservara a seu lado.

— Rosilho! — gritei. — Rosilho!

Ouvi o bater de asas próximo e o grito de um macaco.

— Rosilho! Onde está você, meu cavalinho?

"Se escurecer muito, volto para a casa do velho", pensava.

Mas logo fiquei alerta e alegre — ouvi nítido, embora ao longe, o relincho de um cavalo.

"É o Rosilho, meu Deus."

Corri em direção ao som e lá estavam eles, meio agitados, a sela do Negro caída de lado em seu lombo, rédeas e cabrestos de ambos embaraçados em alguns arbustos.

— Rosilho, velho camarada.

Seu relincho foi de reconhecimento; o espernear do Negro e seu resfolegar forte indicavam que ele continuava com medo.

Continuei me aproximando deles, devagar, com cautela, falando e deixando que me identificassem.

— Rosilho, Rosilho. Negro, belo cavalo, está tudo bem, vamos passar a noite perto da choça de Ariari; lá tem um bom pasto.

Consegui segurar as rédeas do meu cavalo, espantando um pouco o Negro, que apesar disso não se afastou muito do lugar em que estava.

Fui conduzindo Rosilho pelo cabresto, e pouco depois o Negro estava nos seguindo espontaneamente.

— Isso, Negro, vamos embora que vem muita chuva por aí.

Os trovões e os relâmpagos, que pareciam acender de vez em quando a floresta, ainda os assustavam.

Resolvi montar no Rosilho, para apressar a volta, e fiz isso sem problemas para os dois animais — Negro continuava a nos seguir, sabendo que íamos para lugar mais seguro.

Quando chegamos à choça de Ariari, a noite já havia caído por completo. Tirei os arreios dos cavalos e, usando uma corda longa, que sempre levava na minha sela, amarrei melhor os animais, próximo a alguns pés de buriti, onde poderiam pastar alguma relva. Mais livres, mais calmos, deixei os cavalos e fui encontrar o velho e o garoto já recolhidos.

José Eduardo estava deitado todo coberto com folhas de bananeira. O lume da fogueira de Ariari iluminava um pouco o pequeno aposento.

— Ele melhorou? — perguntei.

— Melhorou — disse o velho. — Não tem mais dor. Amanhã fica bom.

José Eduardo se mexeu em sua "cama" e indagou, a voz mais tranquila:

— Achou os cavalos, Gavião Vaqueiro?

— Sim, achei, estão aqui. Nada sofreram.

— Ainda bem... O que vovô vai achar de minha demora?

— Vai achar que aconteceu alguma coisa... mas sabe que você está comigo.

— Está sempre seguro das coisas que faz, Gavião Vaqueiro?

— Nem sempre. Às vezes a gente apanha... e aprende. A vida é um aprendizado constante. Tenho um velho amigo, Zé Eduardo, de nome doutor Quizila. Aprendi muito com ele. Sempre me disse que a sabedoria é árvore de vida para os que a agarram, e os que a seguram bem devem ser chamados de felizes.

— O deus Mavutizinim criou a Terra em sabedoria — acrescentou Ariari, levantando-se e atiçando um pouco a sua fogueira. Em seguida se voltou para o garoto e perguntou: — Com fome, curumim?

— Sim, estou com fome.

— Vou preparar mingau de puba aqui na fogueira. Tenho buriti mole na minha tamacuera, pode comer, é bom. — Deu-lhe algumas frutas.

Eu, que havia trazido as selas para dentro da choça, ajeitei uma delas num canto, para dormir, servindo-me de encosto-travesseiro, e a outra levei para José Eduardo, que acabou por ficar mais bem acomodado.

Toda aquela minha preocupação, em relação ao seu conforto, e as atenções de Ariari estavam, sem dúvida, fazendo José Eduardo pensar muito. Ele nos olhava por baixo, como se temesse nos encarar ou se sentir humilhado por alguma coisa — talvez a sua fraqueza, por querer mostrar força, poder, e a sua derrota por causa disso.

Enquanto eu roía a casca dos buritis e o velho preparava o seu forte mingau, José Eduardo nos perguntou:

— A sabedoria tira o medo... afasta o medo da gente?

— Sem dúvida — eu disse. — Se ela provém de Deus e a gente confia... "O sábio anda em segurança em seu caminho e até mesmo o seu pé não baterá em coisa alguma".

— Alguém disse isso, Gavião Vaqueiro?

— Sim, um homem sábio, Salomão. "Quando te deitares" — ele disse —, "não sentirás pavor; e hás de deitar-te e teu sono terá de ser alegre".

— E como alcançar isso, Gavião Vaqueiro?

— Ah, aí é que está.

— Há uma chave, uma indicação?

— Sim, há uma base, talvez um ponto de partida. Salomão também indicou isso, ao falar da disciplina, da mansidão...

— Mavutizinim mostra favor aos mansos — disse Ariari.

O velho se aproximou de José Eduardo com uma cuia de mingau. Levantei-me e ajudei o garoto a se sentar — de fato não estava sentindo dores e, embora fazendo cara feia no começo, acabou por engolir toda a gororoba de Ariari.

— Beba tudo que dá sustância — disse o velho.

Voltamos a ajudar José Eduardo a se deitar em sua cama improvisada. Ele estava mais calmo e pela primeira vez disse uma palavra que eu nunca ouvira de seus lábios:

— Obrigado.

Ariari voltou para o seu canto e disse:

— De madrugada tomar mais chibé.

— Vai ser uma longa noite — eu disse, já ouvindo os grossos pingos da chuva nas folhagens das árvores.

Estávamos ali bem acomodados e tranquilos. A choça, embora velha e pouco conservada, não nos expunha de todo à tempestade, que estava mais barulhenta do que molhada.

— O que ia dizendo, Gavião Vaqueiro, de Salomão... — o garoto voltou ao assunto.

— Ia dizendo que a base, a chave, talvez seja esta, indicada pelo sábio Salomão: "Não negues o bem àqueles a quem é devido, quando estiver no poder da tua mão fazê-lo. Não digas ao teu próximo: vai, e volta, e amanhã darei, quando tens alguma coisa contigo. Não projetes nenhum mal contra teu próximo, quando ele está morando contigo em sentimento de segurança".

— A sabedoria é fazer o bem... — murmurou José Eduardo, como se houvesse feito uma grande descoberta.

— E não entrar no caminho dos maus — acrescentou o velho.

A chuva agora estava mais grossa e nossas vozes ficavam quase abafadas.

Ficamos por algum tempo em silêncio, e não tardou para que Ariari começasse a roncar. Percebi que José Eduardo continuava acordado, certamente cheio de pensamentos.

— Não sente dores, Zé Eduardo? — perguntei, quando um relâmpago clareou a choça e o vi se mexer.

— Não, Gavião Vaqueiro, estou bem. Obrigado...

8

A chuvarada só foi cessar lá pela madrugada. Ainda vi, pelo menos uma vez, o velho Ariari se levantar para passar óleo de pequi no lombo de José Eduardo e o agasalhar melhor com as folhas de bananeira.

Cedo, começando a clarear, o velho índio se levantou, apanhou algumas frutas e as trouxe para nós.

José Eduardo se mexeu, tentando se levantar, e foi ajudado por mim e Ariari. Ele me perguntou as horas. Como eu nunca carregava relógio e me guiava pela claridade do dia ou da noite, achava que fossem cinco, cinco e meia da manhã.

— Como se sente, Zé Eduardo? Pronto para cavalgar de volta à fazenda de seu avô?

— Estou me sentindo bem, mas com muita fome. — Ele já mastigava alguns oitis.

— Vou assar mais peixe na fogueira lá de fora — disse o velho.

— Ariari cuidou muito bem de você, Zé Eduardo. — falei.

— Sim, é verdade, Gavião Vaqueiro, e ele nem me conhecia... Ele tem aquela chave da sabedoria?

— Com certeza.

O sol já se levantando, fomos, alegres e despreocupados, tomar um banho no igarapé, onde Ariari já estava pescando.

— Ele vive num verdadeiro paraíso... sem ter absolutamente nada — comentou José Eduardo.

— Ainda bem que pensa assim.

José Eduardo, naquelas poucas horas de perigo, sofrimento, dores, arrogância e até certa humildade, amadurecera muito. Mas já estaria preparado para viver como um verdadeiro homem? Os acontecimentos futuros iriam indicar isso.

Quando começamos a comer o peixe pacu e alguns carás, em torno da fogueira acolhedora de Ariari — a mata clara e rebrilhando de verde, o belo canto dos pássaros, a temperatura agradável —, em José Eduardo voltou a assomar o espírito rebelde e inconformado, sem causa aparente.

Levantou-se de um ímpeto, jogou o resto do peixe que estivera comendo em cima da trempe, foi em direção aos cavalos, que eu amarrara nas proximidades — já encilhados —, e falou em tom de ordem:

— Gavião Vaqueiro, já demoramos muito aqui. Vamos embora. Meu avô deve estar preocupado.

— Tudo bem, Zé Eduardo, vamos embora. — Levantei-me, disse até logo a Ariari e fui atrás do garoto.

José Eduardo já estava montado no Negro, que se adaptara melhor a ele. Montei o Rosilho e indaguei a José Eduardo se não ia se despedir do velho índio.

De passagem, ele gritou para Ariari:

— Obrigado por tudo. Até outra vez.

O velho fez-lhe um aceno de mão.

José Eduardo saiu à minha frente, a todo galope. Sem dúvida era corajoso e cheio de vontade. Mas ele ainda não fora quebrado o suficiente, eu pensava.

Galopamos por algum tempo em silêncio. Toda vez que José Eduardo ficava em dúvida quanto à direção a tomar, emparelhava seu cavalo com o meu e esperava a minha decisão.

Numa trilha mais estreita, chamei a sua atenção para uma vereda de desvio.

— Por aqui podemos dar uma passada pela reserva dos cavalos selvagens. Não podemos desapontar sua tia, sem dar notícias do Corisco e da sua égua Bela.

— Pensei que a reserva ficasse do outro lado e você tivesse esquecido. Com todos aqueles acontecimentos, eu mesmo esqueci.

— Por essa vereda chegaremos lá em poucos minutos. Não vai atrasar a nossa viagem. Ao meio-dia chegaremos à fazenda.

Ali, de fato, era um desvio do caminho, pois teríamos de retroceder um pouco. Eu também esquecera dos cavalos selvagens.

Como a trilha se abriu mais em quase ampla clareira, José Eduardo voltou a tomar a iniciativa de um largo galope. E alcan-

çamos a reserva por cima de um lajedo. Paramos ali e ficamos contemplando a beleza da paisagem — um campo imenso e verdejante, como que demarcado por enormes montes cheios de trepadeiras floridas.

— Que beleza, Gavião Vaqueiro.

— Olhe lá embaixo, do seu lado direito.

— Aquele cavalo negro é o Corisco?

— Ele mesmo. Está no seu posto de vigia e já sentiu a nossa presença.

Nem bem eu havia acabado de falar, ouvimos o relincho do garanhão. Nossos cavalos se agitaram e responderam ao aviso do líder da reserva.

Mais para o lado, o rebanho de éguas e potrinhos, e os cavalos mais velhos, todos vivendo em harmonia e liberdade.

— Vovô fez uma grande coisa trazendo estes cavalos para cá. Eu não sabia disso. Não sabia que vovô tinha tanta sensibilidade. Pensei que só quisesse ganhar dinheiro.

— Você não sabe de muitas coisas, Zé Eduardo.

Ele me olhou sério, puxou as rédeas de seu cavalo e retornou pelo caminho, disparando novamente a largo galope.

— Da outra vez a gente vai lá embaixo, ver os potrinhos de perto — ele gritou.

José Eduardo dominava agora inteiramente o cavalo e sabia disso, o que certamente o deixava orgulhoso.

"Uma nova queda até que lhe faria bem...", pensei.

Mais adiante, numa curva do caminho, quando os nossos cavalos se emparelharam, José Eduardo me disse:

— *Apá nené tchuchinha.*

Era a fala kamayurá, que eu lhe havia dito logo em nosso primeiro encontro.

— Ainda está queimando, Zé Eduardo? — perguntei.

Ele atiçou novamente o cavalo e saiu à frente.

Mais alguns minutos, sem trégua, naquela correria danada e estávamos chegando à fazenda do coronel Menezes.

O fazendeiro e a filha nos receberam, alegres, no alpendre

da casa-grande. Se estavam preocupados, não o demonstraram. O coronel foi logo dizendo, antes mesmo de saltarmos dos cavalos:

— Chegaram bem na hora do almoço.

Desmontamos, e um vaqueiro levou os cavalos para serem desarreados e tratados.

O que os dois estranharam, avô e tia, foi a atitude de José Eduardo indo ao encontro deles e os abraçando e beijando.

— Vô, estou morto de fome, só comi por lá, com aquele índio velho, uns peixes sem sal e um angu horroroso.

— Graças àquele mingau você está de volta, Zé Eduardo — eu disse.

O garoto correu para dentro da casa, dizendo que ia tomar banho e trocar de roupa.

— O que aconteceu por lá, Gavião Vaqueiro? — indagou o fazendeiro.

— Sim, o que aconteceu por lá? — repetiu Celina.

— Ele tomou novamente uma lição do Negro, coronel, e aprendeu a dizer uma palavra.

— Uma palavra? Qual?

— Obrigado. Foi muito bem tratado por Ariari. Por falar no velho, coronel, ele está precisando de farinha de mandioca.

— E os cavalos selvagens, Gavião Vaqueiro? Conseguiu ver a Bela?

— Não descemos até o vale, mas pelas informações de Ariari e pelo que vimos da colina, eles parecem muito bem.

Contei para o coronel e Celina tudo que havia acontecido com José Eduardo — suas atitudes, suas reações, a passagem rápida da mansidão à rebeldia.

— Acha que ele aprendeu alguma coisa, Gavião Vaqueiro? — perguntou o fazendeiro. — Pelo menos me beijou pela primeira vez...

— Acho que aprendeu, coronel.

— Você ainda planeja levá-lo àquela viagem ao Xingu?

— Vamos ver, coronel. Zé Eduardo talvez não tenha gostado do que aconteceu.

— Vá lavar-se, Gavião Vaqueiro, e logo mais vamos almoçar. Você também deve estar com fome.

Deixei o coronel e a filha na sala de estar e fui descansar um pouco no meu quarto — logo mais tomaria um bom banho de chuveiro e iria almoçar com a família.

O que eu pensava agora?

Que teria de fazer aquela viagem com José Eduardo ao Xingu.

9

O próprio José Eduardo, na mesa do almoço, acabou por contar ao avô e à tia as peripécias por que passara na reserva do Arroio Grande.

— Sei que paguei um pouco pelo que fiz... — ele disse sem levantar os olhos do prato.

E acabou admitindo:

— Sem o velho Ariari e o Gavião Vaqueiro eu não teria resistido. O índio fez um verdadeiro milagre com as minhas costelas. Não sinto mais nada pelo corpo.

— Ainda bem que pensa assim, Netinho — disse Celina.

Comemos um churrasco de carneiro com farofa, feijão-preto e arroz. Comida deliciosa, o que levou José Eduardo a comentar:

— É por isso que o civilizado não se acostuma com a comida do mato, Gavião Vaqueiro.

— Tem razão — eu disse —, mas tudo o que está no seu prato foi criado no mato.

O coronel e a filha acharam graça, e José Eduardo se fechou em silêncio — uma de suas maneiras de se defender.

— E aquela viagem ao Xingu, Gavião Vaqueiro? — provocou o fazendeiro. — Ainda tem planos de ir até lá?

— Ainda, coronel. Preciso fazer uma visita aos meus amigos kamayurás — Kaíto, Cris, Taviarã.

— Cris é o nome de uma índia? — indagou José Eduardo.

— Não, ela é branca, mas casada com Kaíto. Conheceram-se ainda quando crianças.

— Você não quer fazer essa viagem até o Xingu, Netinho? — perguntou Celina. — Será de grande proveito para você.

— Sim, Netinho, você conhece o Gavião Vaqueiro e sabe dos recursos dele — ajuntou o coronel. — A não ser que esteja com medo...

— Eu não tenho medo, vovô. — O que o garoto disse em seguida tinha um tom de ironia: — Mesmo porque, Gavião Vaqueiro e o índio me deram uma "chave" para não ter medo.

Ficamos em silêncio por algum tempo.

O coronel voltou a insistir:

— Como é, Netinho, vai ou não vai com o Gavião Vaqueiro? Você não respondeu ainda.

Ele levantou os olhos do prato e encarou o fazendeiro. Disse:

— Irei, sim... mas o senhor vai ter de nos arrumar uma mula com mantimentos, muita comida. Não quero ficar o tempo todo tomando mingau ou comendo sem sal.

— Muito bem — disse o coronel. — O Gavião Vaqueiro pode tomar conta disso. E levará o que quiser: carne-seca, feijão, arroz, sal, açúcar, biscoitos... todo o conforto da civilização.

José Eduardo não falou mais nada até o fim da refeição. Planejamos viajar daí a dois dias.

Sem perder os velhos hábitos, José Eduardo foi o primeiro a se levantar da mesa, sem pedir licença. De mais distante voltou-se e disse:

— Gavião Vaqueiro não me ensinou ainda a atirar com a sua carabina. — E desapareceu no interior da casa.

— Por falar nisso, coronel, continuarei com o seu revólver, já que vamos viajar novamente.

— Está bem. Só não quero...

— Já sei, coronel, o senhor só não quer que eu o mate.

O próprio José Eduardo supervisionou e escolheu os mantimentos que queria levar em nossa viagem ao Xingu.

Na véspera, treinou um pouco com o Negro — deu uns galopes por perto da fazenda e depois um estirão maior comigo, a tia e o próprio avô. A ideia não era irmos até a reserva, mas a um curral de engorda de gado que o fazendeiro havia mandado fazer recentemente.

— Aqui conservo de quarentena algum gado de corte. O pasto é bom, tem bastante água e logo os bois ficam gordos — disse o fazendeiro.

O curral ficava em área bastante densa de floresta, destacando-se apenas a sua região de pasto. Havia por perto relva natural, muitos pés de bambus e alguma cana-de-açúcar.

— A região é fresquinha, clima agradável — disse Celina.

— É, mas aqueles bambus abrigam muitas cobras — observou o coronel. — Muitas fazem seus ninhos nas touceiras de capim perto das raízes.

— Que tipo de cobra, coronel? — perguntei. — Não são perigosas para o gado de engorda?

— Não, são cobras pretas, não venenosas. E até protegem o gado das outras cobras, comendo todas elas.

José Eduardo queria por força entrar no curral, para ver os bois de mais perto.

— O pasto está fechado, avô — ele disse. — A gente quase não enxerga nada daqui.

— Trouxe vocês apenas para apreciar a paisagem da região — falou o fazendeiro.

Quando José Eduardo tentou pular a porteira, o coronel correu, montou em seu cavalo, galopou em direção à porteira e o jogou praticamente em cima do neto — um dos ombros do animal pegou o garoto de lado e o atirou à distância.

José Eduardo ficou por alguns minutos estatelado no chão, o que fez Celina aproximar-se dele. O coronel desmontou do cavalo e também se achegou, dizendo:

— Desculpe, Netinho, não sei como isso pôde acontecer. Desculpe.

Ele se levantou meio tonto, olhando desconfiado para o avô e para mim.

— Este meu outro cavalo alazão é igual ao Negro — voltou a falar o coronel. — Às vezes ele não atende às rédeas.

Refeito da queda e do susto, sem dizer uma palavra, José Eduardo montou no Negro e galopou em direção à fazenda.

O fazendeiro emparelhou o seu cavalo com o meu e perguntou:

— Será que ele acha que fiz de propósito, Gavião Vaqueiro?

— Não sei, coronel. Mas de agora em diante Zé Eduardo vai ficar mais alerta quando andar por aí.

No resto do percurso até a fazenda, pensei em algo que me deixou meio inquieto.

Será que estávamos — principalmente eu — procedendo certo, tentando fazer com que José Eduardo compreendesse que a vida não era a coisa mansa que sempre encontrara ao lado dos pais ricos? Seria de fato este o caminho para amansá-lo? O apóstolo Paulo falou em disciplina... Mas como é que se aplica isso em alguém... em um jovem rebelde?

No dia seguinte, José Eduardo foi ao meu quarto para me pedir que fôssemos mais cedo para o Xingu. Como tudo já estava preparado, apenas tomamos o café da manhã com o coronel e a filha e partimos, levando a mula com os mantimentos.

O garoto, desde aquele empurrão no curral de engorda, ficara meio receoso diante do avô. A sua despedida foi fria, tendo abraçado com mais aconchego sua tia Celina. O que iria acontecer no Xingu, na aldeia dos kamayurás, estava totalmente fora de meus propósitos e pensamentos.

No começo a nossa viagem foi meio monótona, embora "bebêssemos"— se posso dizer assim — toda a beleza da região, quer observando as plantas, quer os belos pássaros, na sua variedade fantástica. Quando José Eduardo me perguntou se não íamos caçar, disse-lhe algo que o preocupou:

— Com todo esse mantimento de boca que você trouxe naquela mula, não posso caçar pelo simples prazer da caça. Os índios não caçam para estragar os bichos, só quando têm necessidade. Assim é toda a natureza, a predação faz parte de todo o conjunto.

— Então vamos atirar; você me prometeu.

— Prometi? Não me lembro. Mas está bem. Quando a gente chegar a um descampado, vamos praticar o tiro ao alvo.

Mostrei-lhe o revólver 38, e ele se deslumbrou com a arma.

E, depois desse diálogo, José Eduardo ficou cada vez mais ansioso para atingirmos o lugar que eu achasse adequado para o exercício de tiro.

10

Pelo caminho fui ensinando muita coisa ao garoto: como produzir fogo atritando pedras ou pedaços de madeira, como fazer flechas de taquara, como distinguir as frutas boas das venenosas...

Quanto às frutas, ele ficou deslumbrado com a revelação que teve.

— Observe os bichos — eu disse. — Se os pássaros estiverem bicando as frutas é porque elas não são venenosas. Embaixo das árvores acontece o mesmo com as frutas caídas no chão. Espere que algum bicho venha comer ou simplesmente passe ao largo.

Quando lhe disse que os índios rezam e pedem desculpa à floresta quando vão cortar uma árvore, José Eduardo passou muito tempo pensativo e depois murmurou:

— Gavião Vaqueiro, parece que nada foi feito ao acaso, que tudo tem mesmo um propósito.

— Isso mesmo, Zé Eduardo.

— E o ser humano, essa praga mortal?

— Ele está jogando perigoso com a natureza e, se não mudar, certamente sairá derrotado.

— Aquela história da "mão invisível" da natureza que o meu avô contou...

— Certamente.

No terceiro dia de nossa viagem, atingimos o sopé de uma montanha, Zé Eduardo sempre me cobrando o exercício de tiro ao alvo.

— Não podemos contornar, temos de subir, para não atrasar a nossa viagem.

E foi o que fizemos, mas aconteceu algo que me deixou estarrecido. O espigão da montanha era alto, em subida íngreme, precipícios por todos os lados. Em princípio, estranhei que José

Eduardo quisesse conduzir a mula de mantimentos, segurando o cabresto dela à frente em seu cavalo.

— Tenho mais experiência do que você, Zé Eduardo. Essa mula pode empacar no caminho.

Ninguém convence um cabeça-dura, e José Eduardo ainda estava estrebuchando de intolerância, orgulho e nenhum pingo de humildade. Estaria ele mudando? Às vezes achava que sim, outras vezes ficava desiludido, como agora.

Fomos indo pela beirada do precipício, eu à frente, José Eduardo mais atrás, puxando a mula de carga. A travessia era de fato perigosa e os animais sabiam disso. Até atingirmos o alto, para a descida do outro lado, era um largo caminho.

Fui o mais devagar possível, falando com o meu Rosilho, acariciando-lhe a crina, para que ele não ficasse com medo.

— Acalme o Negro — eu às vezes dizia. — Fale com ele, Zé Eduardo. Acha que as cangalhas da mula passam por esse caminho?

Ele só não ia mais ligeiro, atiçando o seu cavalo, porque eu estava à sua frente. Às vezes puxava a mula pelo cabresto com força, o que a fazia empacar.

— Mula desgraçada! — ele gritava.

Até que aconteceu. Numa passagem mais estreita do caminho, a cangalha dos mantimentos, de um lado do animal, roçou o paredão da montanha e ficou presa. José Eduardo puxava a mula, e o Negro ia ficando muito nervoso.

— Não faça isso! — gritei e saltei do Rosilho a fim de ajudar a mula a se livrar daquela cangalha.

Mas já era tarde. José Eduardo forçava os animais com os seus gritos loucos, cada vez mais irritado. A mula acabou escorregando uma das patas traseiras e rolou abismo abaixo com toda a sua carga.

Ainda tive de gritar para o garoto soltar o cabresto, pois ele e o Negro poderiam ser também arrastados.

A mula caiu no abismo com um grito de terror.

— Desmonte do Negro e mantenha-o calmo! — eu disse.

Ainda estávamos em região estreita e perigosa, muito alta.

— Vamos embora a pé — falei. — Levamos os cavalos pelas rédeas. Assim ficam mais calmos.

— E a mula, Gavião Vaqueiro? — José Eduardo estava arfando e de olhos arregalados.

— Acha que sobrou alguma coisa da mula e dos mantimentos? — respondi.

Ele teve um sorriso estranho e antipático.

— Agora podemos caçar, não temos mais comida — disse ele.

— Até parece que você fez de propósito, Zé Eduardo.

— O quê, Gavião Vaqueiro?

— Matou a mula.

— Ora, que conversa é essa, seu caçador?

Descida a montanha, descansamos por algum tempo perto de um córrego.

— Só lamento que a gente tenha ficado sem sal e sem açúcar — disse o garoto, tratando de apanhar algum capim para os cavalos, que ficaram entretidos pastando ali por perto.

Em silêncio, sentados um ao lado do outro, os olhos de José Eduardo tinham mil interrogações.

Levantei-me e disse:

— Vamos atirar.

Tirei o revólver do cós da calça e deixei apoiada, num tronco de árvore, a minha Winchester.

Ele se alegrou e chegou a esfregar as mãos de contente. Escolhi um tronco de árvore, já morto, para os nossos tiros.

José Eduardo mal pôde esperar pelo revólver.

— Pegue, atire naquele tronco. Quero saber como atira e que rumo a sua pontaria toma.

O rapaz pegou o revólver todo desajeitado, apontou para o tronco, com todo o braço direito estendido, e atirou. O estampido do tiro de um 38 é violento e por vezes assustador. A bala não passou nem perto, e o braço do garoto foi sacudido para o alto.

— Acertei? — ele perguntou.

— Dessa maneira você não vai acertar nunca.

O garoto correu até o tronco para ver se havia ali algum sinal da sua bala.

— Estou com o braço doendo — ele disse, meio decepcionado.

— Você tem de recolher o braço, para formar uma alavanca de apoio, e ainda segurar, por baixo, a mão que atira com a outra mão. Veja.

Mostrei para o garoto como se fazia e acertei bem no meio do tronco, tendo a arma levantado apenas ligeiramente o meu braço.

— Não é bem um problema de pontaria, mas de apoio da arma — eu disse. — Tome, tente de novo.

Dessa vez o tiro de José Eduardo foi melhor, mas ainda com um desvio acentuado em relação ao tronco que servia de alvo.

Depois do terceiro tiro, ainda vacilante e imaturo, José Eduardo disse que queria experimentar a minha carabina.

— Sei que com a Winchester atiro melhor, Gavião Vaqueiro.

— Como é que sabe disso?

— Ora, a gente apoia a arma no ombro, segura firme com a mão esquerda e puxa o gatilho com a direita.

— Não é tão fácil assim, garoto. Esta carabina tem bala calibre 44, muito mais violento do que o calibre do revólver. O coice de uma Winchester, para quem não sabe atirar, pode matar a pessoa ou lhe arrancar o ombro.

Se me ouviu, não fez caso, pois já havia corrido até onde estava a minha carabina e vinha em minha direção tentando armá-la.

— Não vá me dizer depois que não lhe avisei — eu disse.

— Então arme esta droga para mim, Gavião Vaqueiro. Você vai me ensinar a atirar ou não?

Engatilhei a carabina e o ajudei a firmá-la no ombro, dizendo:

— Quando puxar o gatilho, não deixe a arma se afastar de você, e prenda a respiração, para facilitar que não se mexa.

— Está bem, está bem. Vou mostrar a você como acerto da primeira vez.

Ainda sem jeito, meio assustado com o que ia fazer, José

Eduardo deu um tiro horroroso e cometeu o erro costumeiro dos iniciantes: na hora de puxar o gatilho, deixou que a arma se afastasse um pouco de seu ombro, o suficiente para levar um grande coice da coronha.

Carabina caída de um lado, garoto do outro — seus gemidos vieram em seguida, e ele encolheu-se no chão, tentando segurar o ombro dolorido.

— Você é um idiota, Zé Eduardo! — eu disse. — Está querendo se matar ou fazer parecer que é durão? Deixe-me ver o ombro.

— Acho que quebrei a clavícula.

— É... se isso aconteceu, você estragou suas férias.

Examinei o ombro do garoto e constatei que nada havia sido quebrado, mas um grande hematoma já se formava na parte direita do alto de seu peito.

— Você deu muita sorte, Zé Eduardo. A coronha da carabina só atingiu a carne de seu peito.

Ele tinha se levantado e fazia movimentos com os braços para se livrar da dor.

Corri até onde estavam os cavalos e apanhei, de meus alforjes de sela, um vidro de óleo de pequi. Voltei e disse para o menino:

— Vai começar tudo de novo: óleo no lombo, folhas de bananeira e mingau de puba.

— Essa não, Gavião Vaqueiro... Ai!... a dor está ficando insuportável.

— Vamos ficar no pé daquele buriti. Encoste-se que vou cuidar de você, seu cabeça-dura. Será que não aprende nunca?

A referência ao mingau era pura brincadeira. O que fiz foi caçar um mutum velho e gordo para o nosso jantar — José Eduardo precisava se alimentar bem para chegar inteiro à aldeia kamayurá.

Dormimos ali mesmo, depois que acendi uma fogueira e assei a ave.

— Só não temos sal — eu disse.

— Não carrega sal nos seus alforjes?

— Sempre carrego, mas dessa vez não deixei os mantimentos sob seu controle?

Noite mal dormida. Até parecia que o sofrimento do garoto era maior do que o sofrido lá no Arroio Grande. Ou minha mesinha de curandeiro improvisado não era tão forte como a do velho Ariari.

No íntimo eu até achava bom que ele estivesse novamente sofrendo, gemendo, cheio de dores — talvez até acabasse compreendendo que fora o único culpado pelos seus males nos últimos dias... ou em toda a sua vida ainda pequena.

Ele só foi parar de gemer lá pela madrugada, dia já clareando, quando naturalmente conseguiu dormir.

Levantei-me primeiro e fui apanhar algumas frutas. Esquentei um pedaço de mutum e tirei dos meus alforjes um pequeno saco de farinha de mandioca.

Quando José Eduardo acordou, corpo ainda meio dolorido, encontrou um belo e gostoso café da manhã. Como sempre, comeu bem e não reclamou da "comida do mato".

— A sua carabina, Gavião Vaqueiro, é mais violenta do que o Negro, puxa!

— Eu avisei.

— Será que posso usar o braço direito para conduzir o animal até o Xingu?

— Acho que pode, mesmo porque já estamos bem pertinho. Lá pela tardinha chegaremos à aldeia de Kaíto.

11

O gavião uiraçu, que ficava numa enorme gaiola na entrada da aldeia, vigia do lugar, deu logo sinal quando nos aproximamos. Eu disse algumas palavras em kamayurá, para que ele reconhecesse a minha voz:

— *Êndu udi têrais. Êndu udi têrais.*

— O que é isso, Gavião Vaqueiro?

— Estamos chegando.

— Você ainda não me ensinou nada dessa língua.

— Você aprenderá com Taviarã.

Em poucos minutos fomos cercados por vários jovens guerreiros. Falei logo o nome do tuxaua Kaíto e disse que éramos seus amigos.

Dois ou três daqueles índios já me conheciam, mas todos estavam curiosos quanto ao garoto, falando com ele e passando as mãos no pelo lustroso do Negro.

— Eles não são canibais? — perguntou o garoto, não sei se de fato com medo ou por pura gozação.

Kaíto veio ao nosso encontro com o filho Taviarã, que havia crescido, estava forte — ele devia ser um pouco mais novo do que o José Eduardo. Logo observei que o curumim índio já tinha no braço direito a braçadeira araviri, o que queria dizer que estava no seu rito de passagem, enfrentando desafios para chegar a verdadeiro guerreiro.

Abraços, muitas perguntas. Mais adiante, vieram falar conosco a mulher de Kaíto, a ainda bela Cris, e sua mãe Nunzi, bastante envelhecida. De longe vimos o velho Djaê, tio-avô de Kaíto e uma espécie de sábio da aldeia. E também apareceu Canampuaxi, irmão de Djaê, que um dia eu libertara de trabalho escravo numa serraria clandestina.

Àquela noite, no acolhimento de uma boa fogueira, comemos peixe moqueado com beiju; Taviarã sempre ao lado de José Eduardo e o enchendo de perguntas quanto ao mundo dos brancos. O curumim havia aprendido a falar o português com os pais e conversava desembaraçadamente.

Ao lado de Kaíto e de Cris, contei-lhes o que estava acontecendo com o neto do coronel Menezes — a sua rebeldia, a sua falta de disciplina, o empenho constante em mostrar que era melhor do que os outros.

Kaíto sorriu e disse, sempre na sua voz mansa e compassada:

— Ele aprende com Taviarã, que está no desafio de guerreiro. Taviarã está mesmo precisando de um "irmão" para colher os caxupus de marimbondos.

Eu sabia do que Kaíto estava falando: era a prova mais dura e mais dolorosa que teria de enfrentar um jovem índio para passar ao estágio de adulto.

— Ele sofrerá com Taviarã — disse Cris também sorrindo.

— Devemos avisá-lo do que se trata, Kaíto?

— Não... o curumim branco verá.

Cansados ainda da viagem, José Eduardo ainda se queixando do ombro, fomos dormir na casa dos homens. Pela manhã, José Eduardo não se queixou das dores, mas dos roncos noturnos dos índios.

— Pensei que eles não roncavam — disse meio desapontado.

Taviarã o levou, logo cedo, para um banho no igarapé próximo à aldeia. Os demais curumins pareciam todos à vontade com a presença de José Eduardo, que havia criado uma camaradagem com todos eles.

Mais tarde, os homens foram também tomar banho e só saímos do igarapé, homens e meninos, quando as mulheres começaram a se aproximar para o seu banho e para encher as cabaças com água.

Pelo resto do dia, com Taviarã mostrando para José Eduardo suas flechas com penas de arara, preparamos o neto do coronel para aquela prova com o filho de Kaíto. Explicamos-lhe do que se tratava: Taviarã precisava passar por aquilo, mas teria de ter ao seu lado um "irmão", e ele, José Eduardo, fora o escolhido.

— Não pode decepcioná-los — falei. — É a prova que mostra que o menino pode ser um homem corajoso.

O estranho foi que José Eduardo ficou até entusiasmado com a ideia, talvez por não ter ouvido bem que se tratava de marimbondos.

Uma manhã, dois dias depois da nossa chegada, levamos Taviarã e José Eduardo para a grande prova. Os dois pareciam muito chegados, pois o curumim, alegre e simpático, já havia contado muitas histórias para o menino branco, que parecia entusiasmado com tudo.

Só os homens foram assistir à prova, alguns deles levando palhas secas para um determinado trabalho durante o desafio dos curumins.

Os dois estavam juntos; Kaíto, à frente do grupo, parou e apontou para um enorme capuxu de marimbondos numa árvore. Disse:

— Taviarã sobe e joga casa de marimbondo para curumim branco, que deve ficar embaixo, com braços estendidos.

Pela primeira vez, naquelas últimas horas, José Eduardo me olhou sério e com ar interrogativo. Desviei o olhar, como se não houvesse percebido nada. Estaria ele agora com medo?

Kaíto acrescentou um dado importante:

— Ninguém chora ou grita. Se fizerem isso não poder ser homem, ser valente guerreiro.

José Eduardo começou a ficar mais assustado, mas aquele momento era irreversível, ele não podia mais recuar, sob pena de ser desprezado por todos, pois tivera a grande honra de se submeter à prova com o próprio filho do tuxaua da aldeia kamayurá.

Aproximei-me de José Eduardo e sussurrei:

— Não pode decepcionar essa boa gente. Faça tudo para não gritar com as picadas dos marimbondos. Depois vocês dois serão tratados pelos pajés com todas as regalias.

Kaíto deu ordem para que Taviarã subisse na árvore e jogasse o capuxu nos braços de José Eduardo.

Afastamo-nos todos, enquanto o curumim subia rápido pela árvore, José Eduardo bem embaixo, braços estirados para receber o primeiro impacto da dura prova de valentia.

"Ele sempre fez alarde de que não tem medo", pensei.

Ao se aproximar do ninho dos marimbondos, Taviarã já estava sendo atacado pelas terríveis vespas. Rápido, tirou o capuxu e o jogou bem nos braços de José Eduardo. Os bichos se espalharam em onda ameaçadora e praticamente cobriram os dois garotos.

Taviarã desceu da árvore e ficou se debatendo ao lado do "irmão", naquela estranha aproximação de amizade. Pensei que José Eduardo não fosse aguentar e saísse correndo e chorando. Mas quando ele olhou para Taviarã, encolhido no chão e apenas tapando o rosto com as mãos, manteve-se calado, imitando seu companheiro.

Kaíto deu a ordem e os índios que estavam com palhas secas começaram a espantar os marimbondos que cobriam os curumins. Em pouco tempo a onda terrível foi afastada, e os dois levados para a aldeia, até a cabana apropriada para o tratamento.

Quando José Eduardo me encarou, quase não o reconheci, tão inchado estava o seu rosto. Desnudos da cintura para cima, as costas de ambos os meninos estavam parecendo duas enormes chagas vivas.

Nenhum gemido, mas as lágrimas de José Eduardo desciam abundantes pelo seu rosto desfigurado. A velha Nunzi ao lado do neto, Cris e uma índia jovem tratando de José Eduardo — óleos vegetais e, mais uma vez, folhas da bananeira brava. Tomaram água fresca de cabaças, e Kaíto lhes disse que deveriam ficar em repouso na cabana.

Algumas mulheres foram designadas para um estranho trabalho: virar e revirar o corpo dos dois curumins, pois agora eles estavam quase desfalecidos e sequer podiam se mexer — a sabedoria mandava fazer isso, para que descansassem da imobilidade forçada.

Só quando José Eduardo ouviu um pequeno gemido de Taviarã, ousou também lamentar-se, pois já havia passado a fase mais dura da prova — mas nem para isso eles tinham força, sequer abriam as pálpebras.

À noite, apesar de os dois estarem sendo bem tratados pelas mulheres, os gemidos foram mais frequentes.

— Agora podem gemer, já sofreram a maior dor — disse Kaíto.

Tive permissão de passar a noite ao lado da esteira de José Eduardo. Ele respirava fundo, estava inerte, mas podia sentir que não conseguia dormir. A certa altura da madrugada, ele roçou em mim e murmurou:

— Gavião Vaqueiro... estou com medo, estou com medo...

— Estou aqui ao seu lado, o pior já passou.

— Não vá embora, Gavião Vaqueiro...

— Não, não vou, estou aqui perto de você. Você demonstrou, junto com Taviarã, que pode ser um verdadeiro homem, corajoso e digno.

— Por que não me avisou...

Tive a impressão que José Eduardo desmaiara, pois até o dia clarear não falou mais nada. Cheguei a me assustar, mas Kaíto me tranquilizou.

— Sinal de que dor passou, estão dormindo. Óleo de folha de bananeira cura em dois dias.

E foi o que aconteceu. O inchaço do corpo e do rosto dos garotos foi sumindo rapidamente com o bom tratamento que receberam das mulheres índias — as estrias vermelhas, os calombos, ficaram por mais algum tempo, mas no fim do terceiro dia os dois foram levados para o pátio, no centro da aldeia, para receberem as homenagens.

Os dois juntos, perfilados e felizes, ouviram o velho sábio Djaê lhes dizer:

— O pai, que tem amor pelo filho, permite que ele seja submetido a dura prova, para que tenha depois resultado bom. Ta-

viarã e curumim branco nunca mais vão sentir dor maior do que a que já sentiram.

O velho empunhou um enorme espinho de tucum e se aproximou dos dois garotos. Primeiro espetou com o espinho o braço direito de Taviarã, que levou um pequeno susto e acabou rindo, gargalhando muito, enquanto um fio de sangue lhe tingia a pele.

O mesmo foi feito com José Eduardo, que, ainda assustado e com ar de interrogação, recebeu a picada do espinho e logo passou a imitar Taviarã, rindo muito, gargalhando.

Todos os homens da aldeia, em reunião ali, acabaram também achando muita graça do que estava acontecendo.

Depois foi Kaíto quem pregou na testa do filho o diadema de japu e outro araviri de penas azuis no braço que ainda estava desnudo. Voltando-se para José Eduardo, também lhe pregou no braço direito o bracelete. Enquanto fazia isso, dois índios se aproximaram com arcos e flechas. José Eduardo recebeu a sua arma de taquara, enfeitada de penas vermelhas.

— Zé Eduardo agora é guerreiro kamayurá.

Kaíto voltou-se para o filho e disse a mesma coisa:

— Taviarã agora é guerreiro kamayurá.

Houve um forte alarido entre os índios e muitos lançaram as suas flechas para o alto.

Taviarã e José Eduardo foram convidados a atirar também as suas flechas, que os igualavam na posição dos demais guerreiros da tribo.

A cerimônia estava terminada.

Só então as mulheres da tribo apareceram, e Taviarã foi abraçado pela mãe Cris e pela avó Nunzi. Eu me aproximei de José Eduardo e também o abracei, elogiando o seu gesto e a sua coragem.

— Nunca passei por uma coisa tão horrível, Gavião Vaqueiro — ele disse sorrindo, como se já houvesse superado tudo, a dor e o medo.

— E você deu sorte — eu disse —, em outras tribos a prova do marimbondo é repetida três vezes.

— Acabou tudo?

— Sim. Amanhã você apenas tem de caçar junto com Taviarã, empunhando as armas que ganharam.

— Caçar? O que vamos caçar?

— Queixadas, porcos-do-mato, para abastecer a aldeia. Como o costume da tribo permite um guardião dos curumins "irmãos", eu vou com vocês. Kaíto me deu permissão.

12

De fato eu ia com os garotos para protegê-los de algum perigo maior na floresta. Mesmo a caça ao porco selvagem requeria conhecimento dos hábitos do animal e de suas modalidades de ataque. A prova era para fazer com que os curumins tomassem iniciativa e resolvessem seus próprios problemas.

— Gavião Vaqueiro é apenas um observador — disse Kaíto para os dois, quando nos afastamos da aldeia kamayurá.

O tuxaua havia me dito que na direção norte de seu roçado de milho poderíamos encontrar alguns queixadas. Os porcos, às vezes, apareciam por lá e comiam muitas espigas. Ele estava mesmo com vontade de matá-los ou espantá-los do lugar.

A região era bonita, verdejante, árvores enormes com trepadeiras floridas. Tínhamos ido a cavalo, eu no Rosilho e José Eduardo montando o Negro, com Taviarã em sua garupa. Os dois haviam se tornado realmente amigos, "irmãos", após aquela dura prova dos marimbondos.

Já queimado do sol, com araviri no braço, usando tanga igual à de Taviarã, era difícil dizer se José Eduardo era um menino branco; ficara com a pele meio amorenada e ares de sertanejo. Um pouco menor do que ele, o filho de Kaíto não parava de lhe contar histórias da tribo, o que deixava o neto do coronel Menezes fascinado com tudo.

Chegamos à área onde deveriam morar os queixadas, desmontamos e deixamos os cavalos amarrados numa grande touceira de capim, onde poderiam descansar e comer. Taviarã e José Eduardo empunhavam seus arcos e flechas ganhos na prova dos marimbondos. Eu os acompanhava de perto, bala na agulha de minha carabina.

Alcançamos umas lindas quedas-d'água, que se transformavam num ribeirão de forte correnteza. Num paredão lateral, por onde também descia uma enxurrada, havia algumas grutas, provável morada dos porcos.

— Eles devem estar escondidos lá dentro.

Esperto, ativo, melhor conhecedor da mata e de seus mistérios, Taviarã apanhou uma casca seca de jatobá e mais alguma palha e fez uma espécie de archote. Compreendendo a sua intenção, tratei de conseguir fogo pelo atrito de dois pedaços de madeira.

José Eduardo prestava atenção a tudo em silêncio — seu arco estava retesado, flecha em direção das grutas. Um pouco ao lado ouvíamos as quedas-d'água, num declive bem acentuado a partir de onde estávamos agora.

Taviarã queimou a ponta do seu archote improvisado com o fogo que eu fizera, entregou-me seu arco e flecha, e conseguiu, rápido, alcançar a boca de entrada da caverna maior, bem por cima. Dali, fazendo barulho, gritando, jogou palhas e cascas já inteiramente incendiadas. O fumaceiro era medonho, tudo agora acompanhado pelos meus gritos e de José Eduardo, que pulava e ria muito.

Envolvido pela fumaça, que o alcançara antes de descer até onde estávamos, Taviarã acabou escorregando na pedra limosa. Tentou amparar-se em algum lugar, segurando arbustos e galhos, mas acabou caindo na forte correnteza do ribeirão.

Eu e José Eduardo ficamos por alguns momentos parados, observando o corpo de Taviarã ser levado pelas águas.

— Taviarã! — gritou José Eduardo, querendo atirar-se às águas.

— Não faça isso, você vai morrer com ele.

— Salve Taviarã, Gavião Vaqueiro. — José Eduardo estava transtornado, os olhos cheios de lágrimas.

Corri na direção dos cavalos e de passagem apanhei o rolo de corda que sempre levava em minha sela. Continuei correndo, acompanhando a direção da correnteza do rio. José Eduardo me seguia no mesmo passo, e eu podia ouvir os seus soluços e pedidos para que salvasse o seu amigo.

Quando chegamos a uma região mais plana, percebi que estávamos adiantados em relação ao lugar em que descia Taviarã — o corpo aos trambolhões, mãos às vezes acenando, pedindo socorro, outras vezes totalmente desaparecido.

Paramos e ficamos olhando por onde descia Taviarã, bem distante das margens.

— Faça alguma coisa, Gavião Vaqueiro! — implorava José Eduardo. — Ele está se afogando.

— Qualquer um que cair na água para salvá-lo também será arrastado e morto. A correnteza não vem em direção das margens.

— Mas eu vou tentar, Gavião Vaqueiro; sei nadar muito bem.

Segurei José Eduardo pelo braço e de repente tive uma ideia: amarrei-o pela cintura com a corda e lhe disse:

— Calma, vamos salvar Taviarã. Você está amarrado e eu seguro a ponta da corda. Você salta na água e tenta segurar Taviarã, e eu puxo os dois.

— Ele desapareceu, meu Deus — gritou José Eduardo.

— Não desapareceu, vem vindo lá. Pode cair na água.

Tudo se passara muito rápido, um relâmpago muito ruim no tempo acompanhado de angústia e medo.

José Eduardo nadava com ímpeto e determinação para o meio do rio, a fim de interceptar a descida de Taviarã.

— Não estou vendo Taviarã, Gavião Vaqueiro! — gritava desesperado.

— Ele vem vindo em sua direção, estou vendo os seus braços. Mantenha-se firme aí que estou segurando a corda. Você não descerá a correnteza com ele, só tem de segurá-lo bem firme.

— Taviarã vem vindo?

— Vem vindo, sim, está chegando perto de você, pode agarrá-lo agora, segure firme.

Eu havia enlaçado a ponta da corda num tronco de árvore e já tentava puxar os dois garotos para a margem, depois que José Eduardo agarrou Taviarã.

— Mantenha a cabeça dele fora d'água — eu gritava.

Fui puxando a corda devagar — a corda de palha de tucum trançada era forte e resistiria até diante da força de um boi. Meu medo agora era saber se Taviarã estava vivo ou morto. Com certeza bebera muita água e desfalecera.

— Estamos indo, Gavião Vaqueiro — dizia José Eduardo entre soluços e risos. — Estamos indo.

— Aguente firme, guerreiro kamayurá. Aguente firme. Você não ganhou o bracelete araviri à toa.

— Estamos indo...

Por fim, pude dar a mão a José Eduardo e segurar também Taviarã, que não tinha forças para se levantar.

Os dois caídos na margem, José Eduardo cansado, os olhos esbugalhados, ouvimos Taviarã soltar um gemido.

— Ele está vivo, está vivo, Gavião Vaqueiro!

— Sim, está vivo, Taviarã está vivo — eu disse, alegre. — Ele só engoliu um pouco de água.

Coloquei o indiozinho deitado de costas e aproximei meu ouvido de seu nariz para ter certeza de que ele estava respirando; ao mesmo tempo, buscava sua pulsação. De suas narinas saía um leve sopro de ar; sua pulsação estava um pouco acelerada, mas ele estava bem. Virei-o de lado para que, se vomitasse, não corresse o risco de engasgar-se com o próprio vômito.

Taviarã tossiu, respirou fundo a mando meu e quando quis se levantar, não deixei. Antes, era preciso acalmar-se, deixar a respiração e a pulsação voltarem ao normal. Pouco tempo depois, sentou-se, praticamente recuperado.

— Foi só o susto — eu disse.

E assisti, ali na margem daquele ribeirão, à cena mais tocante de minha vida: José Eduardo e Taviarã abraçados e chorando um nos braços do outro.

— Descansem os dois aí mesmo.

— Estraguei a caçada — balbuciou Taviarã.

— Que nada, fica para outra vez — disse José Eduardo.

— Isso mesmo, fica para outra vez. Descansem e logo vamos para casa. Vocês precisam de um bom mingau de farinha.

José Eduardo olhou para mim e sorriu.

Fui apanhar os cavalos e logo mais estávamos de volta à aldeia kamayurá.

Taviarã, na garupa do cavalo de José Eduardo, ainda recebia dele todas as atenções.

— Segure-se bem na minha cintura, Taviarã, para você não cair.

— Você me salvou a vida, José Eduardo, nunca vou esquecer.

— Quem salvou foi o Gavião Vaqueiro. Eu apenas ajudei.

— Sei, mas se ele não estivesse aqui... nós dois... naquela correnteza... Você tentaria me salvar de qualquer maneira.

— Isso é verdade, Taviarã.

Já próximos da aldeia kamayurá, José Eduardo fez uma revelação surpreendente:

— Gavião Vaqueiro, já resolvi. Não vou voltar para o Rio de Janeiro.

— Como assim, Zé Eduardo?

— Ora, peço ao vovô para ficar na fazenda, trabalhando... Minha tia trabalha lá, não trabalha?

— Sim, mas...

— Quero ajudar o meu avô com aqueles cavalos selvagens. E quero ajudar no que for possível a tribo de Taviarã, seu pai Kaíto, Cris. Vou lutar pela preservação da floresta, dos bichos e dos índios.

— José Eduardo vai visitar sempre Taviarã? — perguntou o índio.

— Sim, vou visitar e levar coisas para vocês. Sei que vovô não vai se opor a isso. O que acha, Gavião Vaqueiro?

— Muito nobre de sua parte, José Eduardo, guerreiro kamayurá...

Os dois riram muito, e vi Taviarã ainda mais alegre, se segurando na cintura do seu "irmão" da floresta.

Feliz por dentro, a beleza por fora, o sentimento bom nas coisas vivas, lembrei-me de um pensamento do vaqueiro Rosa, que me encheu ainda mais de satisfação:

"Com Deus existindo, tudo dá esperança; sempre um milagre é possível".

A aventura do livro começa cedo na vida do piauiense Assis Brasil: aos dezesseis anos, já morando em Fortaleza, escreve *Aventura no mar*, retratando a vida dos jangadeiros cearenses.

Do Ceará muda-se para o Rio de Janeiro, onde estuda Jornalismo, faz crítica literária e continua escrevendo livros de aventuras, que agora são muitos, dentre eles: *A caçadora do Araguaia*, *O sábio e o andarilho*, *Quatro-orelhas, um guerreiro kraô*, *Coração de jacaré* e, pela coleção Jabuti, *Yakima, o menino-onça* e *Corisco, o último cavalo selvagem*.

Nesta obra, José Eduardo encontra em Gavião Vaqueiro um homem sábio, profundo conhecedor da selva, dos animais e das pessoas. Personagem constante, é certo que Gavião tem muitos traços verídicos — assim como toda a empolgante literatura de Assis Brasil.

(a) Fazer com que José Eduardo tente montar um cavalo arisco na frente de várias pessoas.
(b) Falar frases em kamayurá.
(c) Levar o garoto para ver os cavalos selvagens protegidos pelo avô.
(d) Passar a noite na choça de Ariari.
(e) Submeter-se ao tratamento de Ariari com óleo de pequi e folhas de bananeira.
(f) Conversar sobre o medo e a sabedoria.

(   ) Fazer com que José Eduardo crie confiança em si mesmo e no próximo.
(   ) Fazer José Eduardo perceber que muitas vezes precisa ser humilde.
(   ) Submeter José Eduardo a um momento de humilhação para quebrar seu orgulho.
(   ) Atiçar a curiosidade do garoto como forma de cativá-lo.

5. Nas viagens com Gavião Vaqueiro, José Eduardo aprende muitos hábitos indígenas. Assinale, dentre as alternativas abaixo, aquelas que não correspondem a esses hábitos.

a. (   ) Um índio apenas mata animais velhos e, de preferência, machos.
b. (   ) Um índio mata animais só para provar que já é um guerreiro.
c. (   ) Um índio pode usar cinza para salgar seus alimentos.
d. (   ) Para fazer uma fogueira, um índio utiliza restos de outra.
e. (   ) Seguir rastros feitos por um índio é difícil porque ele caminha procurando fixar no chão apenas seu calcanhar.
f. (   ) Os índios possuem remédios produzidos com aquilo que a natureza lhes oferece.
g. (   ) Em uma tribo indígena, homens e mulheres são tratados como iguais.

6. Quando vão à aldeia kamayurá, Gavião Vaqueiro e José Eduardo descobrem que Taviarã deverá submeter-se a algo que poderíamos chamar de *rito de passagem*.

Abaixo, transcrevemos o verbete *rito* do dicionário de Aurélio Buarque de Holanda. Leia-o com atenção, lembre-se do que aconteceu com Taviarã e com José Eduardo e explique que sentido é o mais adequado para a expressão *rito de passagem*.

> **rito**. [Do lat. *ritu*] S.m. 1. As regras e cerimônias que se devem observar na prática de uma religião. 2. Culto, seita, religião. 3. Qualquer cerimônia de caráter sacro ou simbólico que segue preceitos estabelecidos. 4. Sistema de organizações maçônicas. 5. As normas do ritual. 6. *Jur.* Conjunto de leis adjetivas reguladoras do exercício duma ação em juízo; procedimento.

R.

7. A história coloca Gavião Vaqueiro diante de uma missão a cumprir. Considerando apenas o último capítulo do livro, é correto dizer que ele cumpriu sua missão? Justifique.

R.

Linguagem

8. É comum as pessoas acreditarem que a linguagem figurada só ocorra em textos com alta elaboração, ou seja, que na linguagem coloquial não empregamos linguagem figurada (como metáforas, metonímias...). O livro vem nos mostrar o contrário. Na fala dos personagens, ou seja, em frases marcadas pela coloquialidade, encontramos também as figuras. Releia os fragmentos abaixo, identifique as figuras e explique-as.

a) "Um cavalo xucro a gente doma aos poucos, com mão de ferro e com mão de vento, como se diz."

b) [José Eduardo] "Logo mais vai criar asas e voar daqui."

c) "— O Negro já é um cavalo domado, Zé Eduardo."

R.

9. Em alguns momentos, Gavião Vaqueiro emprega expressões indígenas, as quais são acompanhadas de traduções, pois trata-se de outra língua. No entanto, é curioso observar quantos termos indígenas são empregados, sem que haja necessidade de tradução, uma vez que já pertencem à língua portuguesa.

A seguir, você encontrará exemplos extraídos do livro e que têm origem tupi. Separe-os nos grupos propostos, em função de seu sentido. Caso desconheça algum deles, pesquise no dicionário e verifique, além de seu sentido, a origem que o dicionarista apresenta para ele.

canguçu	curumim	buriti	cará
cutia	igarapé	pacu	mutum
cuia	pequi	flecha	bari
pajé	oiti	cajá	arara

nomes de animais:
nomes de plantas:
nomes de utensílios:
nomes relacionados à geografia:
nomes relacionados a funções dentro das tribos:

Pesquisa

10. Logo no primeiro capítulo do livro, lemos:

[O coronel Menezes] "Era uma pessoa cordata e trabalhadora, embora ciente de que criar gado no Mato Grosso era uma luta quase mortal contra a natureza e o próprio homem".

Alguns parágrafos depois, falando de outro personagem, diz o narrador:

"As notícias que tive do doutor Levilier eram, no mínimo, curiosas. Apaixonado pela floresta amazônica — 'último reduto para a aventura e o conhecimento', como dizia —, já tendo feito muitas pesqui-

"José Eduardo passou direto pela sala e foi para a copa, onde uma empregada da casa passou a servir-lhe o jantar. Estava refeito da cavalgada, vestia-se com uma bermuda e camisa de seda. Minha impressão primeira a seu respeito era a de que tinha inteiro domínio sobre si mesmo, autossuficiente em razão, talvez de sua vida de regalias, recebendo dos pais não a atenção necessária, mas um equivocado suprimento de bens."

a) Que tipo de narrador foi empregado na história? Comprove com uma expressão do fragmento acima.

R. ____

____

____

____

____

b) Por que o autor não optou por uma narrativa que tivesse o próprio Zé Eduardo como narrador? Para responder, explore o fragmento acima.

R. ____

____

____

____

____

2. Em diversos momentos da narrativa encontramos falas do narrador como a que segue:

"... eu teria de fazer uma viagem com o neto do coronel Menezes, a fim de amansá-lo um pouco... por via de quê? Do medo? Do perigo? Talvez do sofrimento".

Se considerarmos o todo da história, vemos que aqui há uma cert[a] antecipação dos fatos. Isso retira o interesse da história? Explique.

R. ____

____

____

____

sas e excursões, agora tinha metido na cabeça que ainda existiam dinossauros vivos na região".

Ou seja, fala-se do Mato Grosso e da Amazônia.

Faça uma pesquisa, procurando saber o que seria a Amazônia e que relação mantém com o Mato Grosso.

Interdisciplinaridade

11. Um tema importante abordado em *Os desafios do rebelde* é a ecologia. Observe os seguintes dados retirados do livro:

a) O coronel Menezes mantém sob sua proteção cavalos selvagens trazidos de Roraima.

b) Diz-se que "a floresta cada vez mais se distanciava da fazenda".

c) De acordo com a hipótese de Gaia, expressa no livro, há um "inconsciente animal e vegetal do planeta", que pode, por exemplo, eliminar o homem, como um dia os dinossauros foram eliminados da Terra.

Discuta agora as seguintes questões: o homem representa um problema para o equilíbrio ecológico do planeta? Não há possibilidade de uma convivência harmoniosa do homem com a natureza, como os índios são capazes?

■Redigindo

12. Imagine uma carta de José Eduardo para seus pais: uma carta em que ele manifeste seu desejo de continuar com o avô, mas principalmente uma carta através da qual explique o motivo de sua decisão. Não se limite a resumir o que aconteceu: deixe que o garoto, com sua fala, revele suas emoções, seus sentimentos sobre tudo que viveu ao lado de Gavião Vaqueiro.

13. Escreva um texto de opinião a partir da seguinte afirmação: "Somente o aprendizado com os índios permitirá ao homem uma vida em equilíbrio com a natureza".

Para qualquer comunicação sobre a obra, entre em contato:

SAC | **0800-0117875**
De 2ª a 6ª, das 8h30 às 19h30
www.editorasaraiva.com.br/contato

Escola: ____

Nome: ____

____

Ano: ____________________ Número: ____________________

COLEÇÃO JABUTI AVENTURA

Assis Brasil

Os Desafios do Rebelde

Editora Saraiva

Apreciando a Leitura

■ Bate-papo inicial

Em *Grande Sertão: Veredas*, Guimarães Rosa, através de um personagem, diz que "... o mais importante e bonito, do mundo, é isto: que as pessoas não estão sempre iguais, ainda não foram terminadas — mas que elas vão sempre mudando". Lógico, é preciso uma busca, é preciso enfrentar caminhos e desafios impostos pelo mundo e por nós mesmos para conseguirmos mudanças.

E é isso que está à espera de José Eduardo na fazenda do avô — o Coronel Menezes: a mudança através do encontro com a Amazônia, com a amizade, com o respeito e consigo mesmo.

■ Analisando o texto

1. O trecho a seguir foi extraído do segundo capítulo. Leia com atenção para responder o que se pede.